Hrsg. Sina Blackwood

DRACULAS BISSIGE VERWANDTSCHAFT

Bibliografische Informationen der Deutschen Nationalbibliothek:
Die Deutsche Nationalbibliothek verzeichnet diese Publikation in der Deutschen Nationalbibliografie; detaillierte bibliografische Daten sind im Internet über http://dnb.d-nb.de abrufbar.

© 1. Auflage Juli 2019
Herausgeberin Sina Blackwood

Coverbild: Vampire & Blutorangen
© Kay Elzner
Umschlaggestaltung: Sina Blackwood
Layout: Sina Blackwood

Die Personen und Namen in diesem Buch sind frei erfunden. Ähnlichkeiten mit heute lebenden Personen sind rein zufällig und nicht beabsichtigt.

Herstellung und Verlag:
BoD – Books on Demand, Norderstedt
ISBN: 9783743176812

Draculas bissige Verwandtschaft

Traue nie einem Vegetarier	9
Krisensitzung	15
Bin ich jetzt ein Vampir?	29
Die Verwandlung	34
Der alte Friedhof	40
Yokai	49
Der moderne Vampir	67
Familie Fledermaus	72
Trinkgewohnheiten	74
Cordula	76
Seltsame Tour	91
Yokai	95
Liebeslied?	133
Die Reifeprüfung	136
Darkfordt	140
Trouble in Singapur	162
Das schwarze Schaf	169
Max	174
Hö(h)l(l)entour	180
Vitae	186

Sina Blackwood

Traue nie einem Vegetarier

Eines Tages fragte mich ein Freund, ob ich seinem Pauli ein neues zu Hause geben könne. Der brauche auch nicht viel Platz. Er sei nur etwas speziell und manche Leute gruselten sich vor ihm.

„Wenn es sich irgendwie einrichten lässt, kümmere ich mich um ihn. Aber wer ist Pauli?", fragte ich neugierig, weil ich mich nicht erinnern konnte, den Namen jemals von ihm gehört zu haben.

Statt auf meine Frage einzugehen, schnappte er erfreut: „Das würdest du tun? Ich wusste, du bist verrückt genug. Er braucht ja auch nicht viel Platz …"

Das hatte er ja schon gesagt, ich wusste aber immer noch nicht, womit ich es zu tun bekommen werde. Manche Menschen geben ja auch Pflanzen einen Namen. Ich zum Beispiel. Ich habe eine Venusfliegenfalle namens Herby. Aber vor der gruselt sich bestimmt niemand. Es sei denn, er hätte zu viele Horrorschocker gesehen.

Er drückte mir also einen Schaukasten in die Hand, mit einer großen präparierten Fledermaus darin, die das Maul mit den riesigen Vampir-Zähnen im Oberkiefer weit aufgerissen hatte.

Ah ja, das war also Pauli.

„Und du willst ihn wirklich haben?", fragte mein Freund gespannt.

„Ja klar, warum nicht. Ich werde schon ein hübsches Plätzchen für ihn finden."

„Ich wusste, du bist verrückt genug."

Also nahm ich Pauli mit nach Hause und hängte ihn über meinen Schreibtisch. Die Lücke war so perfekt, dass man meinen konnte, sie habe nur auf diesen Moment gewartet. Und das, wo ich nicht an Zufälle glaube ... Und warum betonte mein Freund immer wieder, ich sei verrückt genug? Forschend betrachtete ich den ausgestopften Flattermann, ohne etwas Ungewöhnliches zu bemerken.

Nach ein paar Stunden hatte ich mich an Pauli gewöhnt, wünschte ihm eine gute Nacht und ging zu Bett. Am Morgen rief ich ihm im Vorbeigehen „Hallo Pauli!", zu, bereitete mir einen Cappuccino und wollte ein paar kleingeschnittene Orangenstückchen in mein Müsli mixen. Die Orangen waren zwar im Obstfach, sahen aber allesamt merkwürdig aus, ganz so als habe einer mit dünnen Holzstäbchen versucht, aus ihnen einen Schneemann zu bauen, und sei dabei mehrmals abgerutscht. Nur, wer sollte in meinem Kühlschrank derartigen Schabernack treiben?

Notgedrungen presste ich die Früchte aus, damit sie nicht verdarben, und ich drehte die nächsten Orangen, die mir kaufte, mehrmals herum, ehe ich sie zu Hause deponierte. Am Morgen hatten wieder zwei Früchte die merkwürdigen Einstiche. Die anderen beiden waren unbehelligt geblieben. Beim nächsten Einkauf wechselte ich komplett die Sorte, nahm auch nur ein Exemplar, um nicht wieder so viel Saft auspressen zu müssen. Dafür hatte ich es dann aber auch gleich mitten auf dem Küchentisch liegenlassen.

Die Türklinke noch in der Hand, bekam ich morgens große Augen. Die Orange lag noch am selben Fleck, war aber völlig vertrocknet und hatte gerade noch die Größe eines Tischtennisballs. Ich riss die Kühlschranktür auf. Das übrige Obst, wie Äpfel, Birnen und Weintrauben, war unberührt.

So ging das nun Tag für Tag. Ich stellte sogar eine Webcam auf, um den Verursacher der Schäden auf frischer Tat zu erwischen. Auf den Videos war nie etwas Außergewöhnliches zu sehen, selbst dann nicht, wenn ich sie großformatig auf kleinste Spuren absuchte. Die Orangen verschrumpelten scheinbar ohne Grund innerhalb weniger Minuten.

Am Wochenende rief mich mein Freund an und fragte, wie es Pauli gehe.

„Blendend. Wie sonst? Der hängt in seinem Kästchen am schönsten Platz in meinem Büro." Ich schaltete auf Kamera und übertrug ihm das Bild live.

„Gut sieht er aus", hörte ich meinen Freund mit tiefer Zufriedenheit sagen. Und gleich darauf fragte er: „Und wie geht es dir?" Er hatte wohl beim Kameraschwenk meine tiefen

Augenringe gesehen, weil ich die halbe Nacht in der Küche auf der Lauer gelegen hatte.

„Im Großen und Ganzen nicht übel", erklärte ich. „Es gibt nur seit Tagen ein paar Dinge, die ich mir nicht erklären kann." Ich erzählte detailliert über die Merkwürdigkeiten mit den Orangen.

„Waren die geschrumpften Früchte Blutorangen?", fragte mein Freund wie nebenbei.

„Ähhh, ja. Aber wie kommst du darauf?"

„Die mag er am liebsten", schmunzelte er.

„Wer?!", rief ich verunsichert, völlig vergessend, dass ich die Kamera noch nicht wieder abgeschaltet hatte und mein entgeistertes Konterfei für Lachsalven sorgte.

„Na, Pauli! Hatte ich dir nicht gesagt, dass er eine Fruchtfledermaus ist?"

Ich muss so dumm aus der Wäsche geschaut haben, dass ihm vor Lachen glatt das Smartphone aus der Hand fiel. Als er es umständlich wieder aufgeklaubt hatte, fügte er hinzu: „Er ist einer von Draculas Nachfahren. Er wirft weder ein Spiegelbild, noch kannst du ihn mit der Kamera einfangen."

„Unsinn, ich habe dir doch gerade das Bild vom Schaukasten mitsamt Fledermaus geschickt!"

Das Lachen ebbte langsam ab und mein Freund bequemte sich, zu sagen: „Solange er brav in seinem Kästchen hockt, kannst du ihn ja auch sehen."

„Oooooops!"

„Noch ein guter Rat unter Freunden: Behalte niemals blutiges Fleisch über Nacht in der Wohnung. Sonst könnte auch der zweite Teil der Prophezeiung in Erfüllung gehen."

„Welcher zweite Teil?", fragte ich mit tonloser Stimme.

„Dass das Blut seines Ahnherrn zum Vorschein kommt."

„Fantastisch! Bist ein wirklich guter Freund", brummte ich.

„Und du erwiesenermaßen verrückt genug. Sonst hätte dich Pauli schon in die Klapse gebracht. Ich denke, ihr werdet auch weiterhin gut miteinander klarkommen."

Seitdem esse ich zu Hause vegetarisch und nehme von meinem Freund nicht mal mehr die Urlaubskarten mit in die Wohnung.

Und Pauli?
Der hängt auch weiterhin in seinem Schaukasten über meinem Schreibtisch.
Tagsüber.
Was er nachts treibt, außer Blutorangen aussaugen, will ich lieber gar nicht wissen.

Matthias Albrecht

Krisensitzung

Baal, oberster König der Hölle und Herrscher über alle Dämonen, hatte zu einer außerordentlichen Sitzung in sein Höllenschloss geladen. Vom „Bund übernatürlicher Wesenheiten" waren Vertreter der einzelnen Arten als Abgeordnete entsandt worden. Und warum?

Es stand nicht gut um das Übernatürliche dieser Welt. Wenn der besorgniserregende Trend anhielte, stünde bald dessen Existenz auf dem Spiel.

„Es herrscht ein unbotmäßiger Geist in unseren Reihen!", donnerte Baal in die Versammlung. Seine drei Köpfe blickten finster und drohend. Die Abgeordneten verhielten den Atem.

„Die alten Werte und Gebräuche scheinen keine Gültigkeit mehr zu besitzen. Das ist unerhört. Inakzeptabel. Nicht länger hinnehmbar!"

Die marmornen Säulen der Großen Halle erzitterten unter dem stimmgewaltigen Baal.

„Über einzelne, kleinere Verfehlungen hätten wir ja noch hinwegsehen können", fuhr er gemäßigter fort, um gleich darauf erneut laut zu werden. „Aber inzwischen ufert es aus. Es ist längst kein Einzelphänomen mehr."

Sein Katzen- Frosch- und Menschenkopf ließen ihre Blicke umherschweifen. Die Versammlung schwieg. Jeder war bemüht, nicht durch unbedachte Bewegungen oder gar Äußerungen aufzufallen. König Baal atmete, sich zur Ruhe zwingend, tief durch. Es klang wie das Fauchen eines riesigen Raubtiers.

„Graf Dracula!"

Ein bleicher, hochgewachsener Herr in dunkelviolettem Mantel erhob sich grazil von seinem Platz. An seinen Fingern, deren Nägel in frischem Pink strahlten, prangten schwere goldene Ringe mit großen Rubinen. Um den Hals trug er eine zierliche Kette, an der ein kleiner Schädel aus Bergkristall in einer Silberfassung hing. Die schmalen Lippen waren dunkelblau gefärbt und die Augenlider mit schwarzem Eyeliner nachgezogen. Baal runzelte die Brauen seines Menschenkopfs bei diesem Anblick.

„Uns ist zu Ohren gekommen, Ihr und Eure Untoten ernährtet Euch neuerdings von – es will mir kaum über die Lippen – Tomatensaft und Grützwurst, statt, wie es sich gehört, von menschlichem Blut. Was sagt Ihr dazu?"

Der Graf räusperte sich verlegen und flötete in hellem Tenor: „In der Tat, Majestät, in der Tat. Doch – was haben wir schon für Alternativen?"

Baal zuckte zusammen. „Wollt Ihr mich zum Narren halten?" Sein Bass dröhnte widerhallend durch den Dom.

„Mitnichten, Majestät. Meine Frage war rein rhetorischer Natur. Die schiere Verzweiflung trieb uns zu diesem Schritt." Dracula seufzte. Es fiel ihm sichtlich schwer, zu reden.

„Weiter!", befahl Baal. „Lasst Euch nicht jedes Wort einzeln aus euren vergilbten Fangzähnen ziehen!"

„Oh! Majestät! Sie sind keinesfalls vergil…" Baals finstere Mine und stechender Blick ließen ihn den Satz nicht vollenden. „Nun, wir sind mit unserer Weisheit am Ende", klagte er stattdessen, zog einen zierlichen Fledermausflügelfächer aus der Manteltasche und entfaltete ihn, um sich Kühlung zu verschaffen und seine Nervosität zu verbergen. „Die Menschen trauen sich nach Einbruch der Dunkelheit nicht mehr aus ihren Häusern und bitten uns auch nicht mehr in selbige. Seit der Flüchtlingswelle haben alle Angst vor den Fremden."

„Dann hättet Ihr Euch an diesen gütlich tun können. Es gibt ja genug davon."

„Das wohl, Majestät, doch ist das Blut dieser Menschen nicht genießbar."

„Nicht genießbar?" Baal schüttelte seine Köpfe. „Es ist doch Blut wie anderes auch."

„Im Prinzip schon, Eure Majestät, nur ist es, nun ja – vergiftet."

„Bei allen Teufeln der Unterwelt, wodurch ist es vergiftet?"

„Durch ihre Essgewohnheiten."

Baal klopfte mit seinen gewaltigen, behaarten Spinnenbeinen unwirsch auf das Pult. „Ja was denn", knurrte er, „essen sie etwa Hostien in rauen Mengen und trinken Weihwasser dazu?"

„Schlimmer, Eure Majestät, sie stopfen sich mit Knoblauch voll. Das liegt so in ihrer Natur."

„Pfui Engel", entfuhr es Baal. „Das ist hart. Und dennoch: Vampire haben sich gefälligst von Blut zu ernähren. So war es schon seit Ewigkeiten. Ihr werdet ja zum Gespött der Leute, so Ihr Euch solch lächerliche Alternativen einfallen lasst. Nächstens gehen die Kinder der Nacht noch am helllichten Tag spazieren." Ein gequältes Lachen drang aus den Mündern der königlichen Köpfe.

Dracula hob überrascht den Blick. „Woher wissen Eure Majestät ..."

Die drei Augenpaare Baals wurden groß. „Was wollt Ihr damit sagen?"

Der Graf schluckte. „Nun ja. Es ließ sich nicht mehr vermeiden. Wir schützen unsere Haut, so gut es eben geht, vor dem Sonnenlicht. Durch entsprechende, lichtundurchlässige Kleidung und Sonnencremes mit hohem UV-Schutzfaktor." Sein Mund verzog sich zu einem vorsichtigen Lächeln. „Dennoch waren die Verluste in unseren Reihen anfangs hoch."

„Was war der Grund?"

„Die billigen Sonnenbrillen aus den Supermärkten. Eine Brille für unter zehn Euro. Das ist doch Gift für die Augen!"

Baal verdrehte die seinigen. „Habt Ihr noch mehr zu beichten?"

Dracula druckste herum. Bevor er antworten konnte, meldete sich ein Herr zu Wort, der die einfache Kleidung eines Bauern trug.

„Was wollt Ihr?", fragte Baal.

„Mit Verlaub, Eure Majestät, fragt den Grafen doch mal nach dem gestrigen Vorkommnis."

„Wer seid Ihr?"

„Mein Name ist Peter Stubbe, so es Euch gefällt. Derzeit amtierender Vorsitzender der V.U.W.Ö.B. mit allen Vollmachten, welche …"

„V.U. – was?"

„Vereinigung unabhängiger Werwölfe der östlichen Bezirke", sagte Stubbe, während Dracula ein verächtliches Zischen hören ließ.

„Ah, ja, richtig. Weiter, was gab es gestern?"

„Der Vampir Peter Plogojowitz hat zu später Stunde dem erkrankten Priester in der Dorfkirche zu Kisiljevo geholfen, geweihte Kerzen für die Sonntagsmesse aufzustellen. Und hat sich nicht mal die Pfoten daran verbrannt, das Aas. Eine Schande für …"

„Ihr solltet Euren Schnabel halten, Stubbe!", unterbrach ihn Dracula bissig, sichtlich bemüht, die Fassung zu wahren. „Ihr haltet es ja nicht einmal für nötig, Euer verweichlichtes Rudel in die Schranken zu weisen, das sich bei Vollmond lieber als Hütehunde betätigt, anstatt so viele Schafe wie möglich zu reißen und den Hirten dazu. Schämt Euch was!"

„Ist das wahr?", fragte Baal scharf.

„Ganz so ist es nicht", wagte Stubbe einzuwenden.

„Wie ist es denn? Überlegt Euch, was Ihr antwortet."

„Es – es waren ja nur Einzelfälle", räumte Stubbe ein.

„Wie viele?"

„Ein paar halt." Stubbe vermied es, Baal in die Augen zu sehen.

„WIE VIELE?" Der Dom erzitterte. Staub und Federn toter Tauben, die in den Nischen der Empore bereits vor Jahren ihr Leben ausgehaucht hatten, rieselten auf die Versammelten herab. Begleitet von einem eisigen Hauch aus Richtung der Tribüne.

„So an die – an das halbe Dutzend." Stubbes zitternde Stimme war gerade noch vernehmbar.

„Was Ihr nicht sagt", knirschte Baal. „Ein Viertel Eurer Vereinigung, wenn ich die Zahlen recht in Erinnerung habe. Eine tolle Leistung."

Stubbe schwieg betreten und Dracula blickte triumphierend in die Runde.

Baals Köpfe warfen sich in den Nacken, pressten die Lippen aufeinander und schlossen für einen Augenblick die Augen. Es fiel seiner Majestät sichtlich schwer, die Kontenance zu wahren.

„Würdet Ihr uns freundlicherweise verraten, worin Ihr den Grund für eine derartige Entgleisung seht."

„Die Menschen, Eure Majestät."

„Was ist mit den Menschen?"

„Sie glauben nicht mehr an uns."

„Wollt Ihr damit sagen", fragte Baal ungewohnt ruhig und mit einem seltsamen Zucken in seinen sechs Mundwinkeln, „dass die Werwölfe ihre Kraft einbüßen, weil die Menschen zunehmend Schwierigkeiten haben, deren Existenz zu akzeptieren?"

„Es scheint so, Eure Majestät." Stubbe trocknete sich den Schweiß von der Stirn und atmete auf. Zu früh, wie sich unmittelbar darauf herausstellte.

„Ein Trugschein, Stubbe", zürnte Baal. „Oder denkt Ihr gar, dass ich Euch diesen Unsinn abkaufe?"

„Aber – Majestät …"

„Schluss! Es reicht!" Baal sprang auf und schlug unvermittelt auf den Tisch der Tribüne, dass es sich für die Versammelten wie ein mittleres Erdbeben anfühlte. Blitze zuckten, gleißende Helle verbreitend, von der Höhe herab. Jetzt regnete es nicht nur Staub und Federn, sondern auch Stuckbrocken und Mörtelstücke. „Bin ich denn nur von Idioten umgeben? Der Blitz soll euch alle treffen!"

Die Versammlung war in Auflösung begriffen. Alles schrie und rannte durcheinander. Strebte den Ausgängen zu. Es gab gar Verletzte im Eifer des Gefechts.

„Haaaalt!", donnerte Baal. Ein Wunder, dass die Kuppel nicht einstürzte. „Hiergeblieben und hingesetzt. Sofort!"

Eine Sekunde lang war es wie beim Stopptrick im Film. Von jetzt auf gleich verhielten die Abgeordneten ihren Schritt, dann drehten sie sich gleichzeitig um und begaben sich in Windeseile wieder auf ihre Plätze. Was blieb ihnen übrig? Sie wären dem Herrscher ohnehin nicht entkommen. Aber sie zitterten wie Espenlaub.

„Setzen und Maul halten!"

Ein paar Augenblicke später herrschte Totenstille. Bevor diese unerträglich zu werden begann, ergriff Baal wieder das Wort: „Wir haben bislang nur zwei Vertreter unseres Bundes gehört. Es würde mich interessieren, wie die anderen Abgeordneten die Sache sehen. Meldet sich jemand freiwillig zu Wort?" Niemand regte auch nur ein Glied.

Da schwebte ein winziger Funke durch den Saal. Ein Lichtlein, das im Zick-Zack-Flug zur Tribüne schwirrte und sich vor dem König der Hölle manifestierte. Zaghaft hob sich eine zierliche Hand.

„Jaaa?" Baal kniff seine sechs Augen zusammen, um den glitzernden Schmetterling vor seiner menschlichen Nase betrachten zu können. „Sprecht, wer immer Ihr auch seid."

„Mein Name ist Tinkerbell, Euer Ehren. Eure Majestät, meine ich."

„Tinkerbell?" Baals Brauen zogen sich zusammen. „Tin-ker-bell …"

„Die kleine Fee von Pixie-Hollow aus Neverland."

Baals Münder wurden spitz. Es blieb sein Geheimnis, ob diese Geste seinem Unvermögen, sich erinnern zu können, geschuldet war oder der Erkenntnis, dass es gerade eine kleine Fee war, welche sich traute, das Wort zu ergreifen.

„Redet!"

„Es ist wahr, Majestät."

„Was ist wahr?"

„Dass die Menschen nicht mehr an uns glauben."

Ein paar Schuppen aus den Flügeln Tinkerbells lösten sich und schwebten als glitzernder Flitter auf den Tisch des Herrschers. Dort verwandelten sie sich in reines Quecksilber. Wie auch die Tränen, die aus den Augen des kleinen Geschöpfes quollen.

Baal fühlte sich fast überfordert mit dieser Situation. Er spürte eine Emotion in sich aufsteigen, welche zu zeigen er vor versammelter Mannschaft für unpassend hielt.

Tinkerbell brachte das Problem auf den Punkt: „In erster Linie sind es die Kinder und Jugendlichen, welche sich längst von ihrer Fantasie und Kreativität verabschiedet haben. Statt im Freien zu spielen, hocken sie stundenlang vor dem

Computer und lassen sich von diversen Spielen vereinnahmen, die zumeist weder Sinn noch Zweck haben. Anstatt von Angesicht zu Angesicht zu reden, kommunizieren sie auf neuen, elektronischen Wegen miteinander und hocken doch schlimmstenfalls nur durch eine Wand getrennt im Nachbarraum. Und die Erwachsenen tun es ihnen gleich. Kaum einer, der nicht ein Handy, Tablet oder Smart-Phone sein Eigen nennt. Alles Übernatürliche, also wir alle, ist auf elektronischem Weg abrufbar und kann nach Belieben manipuliert werden. Nichts von dem, was uns so wichtig ist, hat noch Wert. Nichts ist mehr sicher."

Sie seufzte. „Und nichts ist mehr manipulierbar durch eine Fee. Ja nicht mal durch den Teufel!"

„Haltet meine Teufel da raus!", zischte Baal.

„Verzeiht mir, Majestät."

„Ihr meint also, es läge allein an den Menschen?"

„Nur an denen, Eure Majestät!", warf Dracula ein, noch bevor Tinkerbell antworten konnte.

„Euch habe ich nicht gefragt!", fauchte Baal.

Dracula verdrehte die Augen und schwieg.

„Und was sollten wir Eurer Meinung nach tun?" Diese Frage Baals galt wiederum der kleinen Fee.

„Da kann man nichts tun, Majestät", seufzte die Fee. „Nicht einmal Ihr. Gegen Ignoranz und Ungläubigkeit ist kein Kraut gewachsen. Für die

Menschen gibt es uns nicht mehr." Tinkerbell entfaltete ihre Flügel und schwirrte davon.

Baal sah ihr mit gerunzelten Brauen seines Menschenkopfs nach. Er räusperte sich. „Wer möchte sich noch äußern?"

Niemand meldete sich.

„Sir Simon de Canterville", rief Baal. „Ihr habt, soweit ich mich erinnere, schon früher Erfahrung auf diesem Gebiet gesammelt."

„Ja – die Menschen", stöhnte das Gespenst. „Familie Otis glaubte, mit Aurora-Maschinenöl dem Klappern meiner Ketten beikommen zu können. Auch rückte sie dem Blutfleck meiner Frau im Saal tagtäglich aufs Neue mit scharfen Reinigungsmitteln zuleibe, sodass ich gezwungen war, ihn am Ende mit smaragdgrüner Ölfarbe aus dem Farbenkasten der kleinen Virginia aufzufrischen, weil sämtliche Rottöne bereits aufgebraucht waren. Was für eine Farce!"

„Wart Ihr denn nicht imstande, ihnen Angst einzujagen und Euch Respekt zu verschaffen?"

„Angst? Sie jagten eher mir welche ein! Und Respekt? Mitnichten. Eine völlig respektlose Bande, diese Menschheit ..."

Zustimmendes Gemurmel aus den Reihen der Anwesenden. Baal schwieg betroffen und ratlos.

„Wir müssen uns anpassen, Majestät", rief Stubbe schließlich. „Oder wir gehen sang- und klanglos unter."

„Wie stellt Ihr Euch das vor?"

„Unser Rudel könnte als Wach-, Blinden- und Hütehunde in die Geschichte eingehen. Bedenkt, was wir Werwölfe für Fähigkeiten haben: Unsere Schnelligkeit, Wehrhaftigkeit, unser Spürsinn, Weitblick …"

„Haltet Euern Mund, Stubbe!", schrien Baals Köpfe gleichzeitig. Abermals fuhr ein Donnergrollen über die sich duckenden Anwesenden hinweg. „Fehlte bloß, dass sich die Zwerge in einer Organisation für Kleinwüchsige zusammenschließen und, statt Gold zu spinnen und Zaubertränke zu brauen, Postkarten für die CARITAS malen. Oder sich Sir Simon mit seinem Bettlakengeschwader als Attraktion für die Geisterbahnen der Schausteller auf den Jahrmärkten verdingt. Und Graf Dracula sich mit seinem blutleeren Gefolge als Forschungsobjekte für die Pharmaindustrie anwerben lässt oder zum Wave-und-Gothik-Treffen Führungen auf Friedhöfen organisiert."

Der Graf hielt sich mit zur Kuppel gerichtetem, versonnenem Blick den Fächer vor den Mund und flötete: „Wenn ich es mir recht überlege, gar keine so schlechte Idee…"

Baal sprang auf. „Raaaus mit euch! Geht mir aus den Augen. Alle. Sofort!"

Die Beteiligten beeilten sich, seiner Forderung Folge zu leisten. Bald war er allein im Saal.

„Es ist nichts mehr zu retten", sagte der König der Hölle zu sich selbst. „Die Anderswelt ist nicht mehr länger existent." Seine Köpfe verzogen ihre Grimassen zu teuflischem Grinsen. „Alternativen, wie? Sei 's drum."

Er eilte aus dem Saal, durchmaß mit großen Schritten die lange Halle und verschwand in einem Nebengelass. Nach geraumer Zeit erschien er wieder – in einem pinkfarbenen Kleidchen mit weißen Rüschen am Saum und Ballerina-Schuhen an den Füßen. Die Lippen der drei Köpfe hellrot geschminkt und die Krone auf dem Menschenhaupt auf Hochglanz poliert.

„Licht! Musik!"

Ein imaginäres Orchester begann zu spielen.

„Und – Vorhang auf!"

Dann schwebte Baal – jeder Zoll eine königliche Prima-Ballerina – auf die Bühne.

Iris Fritzsche

Bin ich jetzt ein Vampir?

Wenn ich von den Darstellungen in Filmen ausgehe, wird man durch den Biss einer Fledermaus zum Vampir. Danach hat man kein Spiegelbild mehr und kann nur noch nachts unterwegs sein. Ich aber bin auch nach 25 Jahren trotz Biss tagsüber draußen. Und mein Spiegelbild habe ich auch noch. Aber mal von Anfang an:

Es war im Sommer 1993 auf einem Fahrradausflug mit vier Freundinnen. Eigentlich hatten wir unsere Runde schon so gut wie beendet. Wir waren durchgeschwitzt und von den unterwegs genossenen Alkoholitäten etwas angeschwipst. Doch die Rettung nahte in Gestalt eines kleinen Sees im nächsten Dorf. Das spornte uns nochmals kurzfristig an.

Wir traten so schnell in die Pedalen, wie unsere restliche Energie es zuließ. Nach wenigen Minuten war der See erreicht. Die Räder wurden an einem Busch, nahe dem Ufer, geparkt. Was heißt geparkt, sie wurden einfach übereinander geworfen.

Und jetzt hieß die Parole: Ab in den See!

Im letzten Moment bremste die Vorderste ab. Natürlich rammelten alle auf sie drauf. Mit dieser Notbremsung hatte ja keiner gerechnet. Was war geschehen? Sie hatte einen Blitzmoment!

Warum? Weil keiner von uns im Badeanzug in Richtung See gerannt war!

Nächstes Warum! Wir hatten schlichtweg gar keine Badesachen mitgenommen, weil ein solcher Abstecher nicht geplant war.

In voller Montur baden, ist jedoch keine so geniale Idee. Nackig ging auch nicht. Es waren zu viele Leute am Strand. Auch Kinder! Denen konnten wir den Anblick unserer nicht gerade Mannequin-Körper keineswegs zumuten.

Hilfesuchend blickten wir uns um.

Der Pfiffigsten von uns kam eine Idee. Sie zeigte mit dem Finger auf einen etwas abseits, hinter Schilf verborgenen, Platz. Ohne irgendwelche weiteren Fragen zu stellen, folgten ihr alle in die angezeigte Richtung.

Jetzt wurde die Losung: Wir baden in BH und Schlüpfer ausgegeben.

Welch eine Schnapsidee! Während die anderen drei sich fix aller überflüssigen Kleidungsstücke entledigten, zögerte ich. Und das aus einem simplen Grund. Hatten die drei doch hübsche, vorzeigenswerte Dessous. Ich dagegen trug einen sogenannten Großmutterschlüppi. Weiß, Feinripp und etwas längerem Bein. Also nix, was man unbedingt der Öffentlichkeit zumuten musste. Klar dass ich mich genierte.

Ich ging deshalb noch ein paar Schritte weiter ins Schilf, bevor ich mich meiner sonstigen Bekleidung entledigte. Dabei passierte es! Ich kam gerade aus dem vorgebeugten Zustand nach oben, als etwas Schwarzes heftig gegen meinen Bauch klatschte.

Erschrocken quietschte ich los. Was natürlich sofort die anderen auf den Plan rief. Am Boden vor meinen Füssen lag dieses schwarze Tier. Ein aufgeschreckter Vogel war es nicht, das konnte man erkennen. Was war es dann? Weil es reglos vor mir im Sand lag, beugte ich mich hinunter und schnappte es mir.

Wieder ein kurzer Flatterflug gegen meinen Bauch. Erneuter Absturz! Beherzt griff ich mit beiden Händen, die ich zu Baggerschaufeln formte, zu - und hatte eine Fledermaus gefangen. Wo kam die denn her?

Hatte sie vielleicht an einer der im Wasser stehenden Baumleichen gehangen? Und ich bin mitten in ihr Schlafzimmer getrampelt? Gesagt hat sie nichts, dafür aber kräftig zugebissen! Hat ganz schön heftig geblutet, damals.

Jetzt gucke ich täglich in den Spiegel, um festzustellen, ob ich noch da bin. Und das seit 25 Jahren!

Michael Gimmel

Die Verwandlung

(24 Stunden frei nach Franz Kafka)

In Transsylvanien steht ein Schloss
so alt, es ist schon voller Moss,
erlosch'ne Augen seine Fenster,
darinnen hausen nur Gespenster.

Dort hängt in ihrem Lederhaus
ganz einsam eine Fledermaus.
Sie ist schon fürchterlich zerfledert
und fühlt sich wahrlich wie gerädert.

Desmodus rotundus ihr Name
(einst war sie eine große Dame).
Doch jetzt, am Ende ihrer Tage
dient sie dem Schlossherrn nun als Plage.

Der Nachtwind hat ihr Fell zerzaust,
dann hat er es ihr ganz gemaust,
weshalb sie grimmig Fuß statt Faust
ins Dachgebälk krallt, wo sie haust.

Hängt nackend da, in Lebensgröße,
bedeckt mit Flügeln ihre Blöße.
Nur nächtens kommt sie noch hervor
spitzt heimtückisch ihr Flederohr.

Da hört sie, wie sich wer bewegt.
Verlangen packt sie, lang gehegt.
Sie breitet aus ihr Lederkleid
und stürzt auf dich herab und schreit.

Sie schreit dir mitten ins Gesicht.
Ach Freund, du siehst und hörst sie nicht!
Stockfinster ist die Nacht, dir graust,
wenn sie dich vehement umsaust.

Wieso dir davon Kenntnis fehle,
obwohl sie schreit aus voller Kehle?
Nur sie hört ihren Widerhall,
sie schreit nämlich mit Ultraschall!

„Welch Unvernunft hat dich geritten,
dass gänzlich wider alle Sitten
du durch die Mauern schleichst? Heut Nacht
hast großen Fehler du gemacht!"

Und tastend suchst du zu vermeiden,
im Dunkel Fehltritt zu erleiden.
Dein Wagemut will dir ermatten,
siehst du im Mondlicht ihren Schatten.

Ob ferne eine Schlange keift,
ein Marderhund ins Bein dich kneift …
Lappalien, wenn man erst begreift,
dass dich ihr Lederflügel streift.

Der Flügel dünne Lappen klatschen
feuchtkalt dir ins Gesicht und tatschen
nach deinem Ohr und deinen Haaren,
dass Schreckensschreie dir entfahren.

Auf deiner Nase will sie sitzen,
in deinem Schopfe sich verfitzen.
Schon spürest du, wie sie dich ritzen,
des Untiers Krallen, diese spitzen.

Darob wirst du ganz aufgeregt,
dieweil das Biest so unentwegt
herbeiruft seine Mauskollegen.
Da fledern sie dir schon entgegen.

Die Schar beginnt dich zu umtosen.
Wird es dir feucht schon in der Hosen?
Sie flattern, rattern, schrei'n und kreischen –
ein Mohr im Dunkeln tät erbleichen …

Die spitzen Zähnchen schlagen sie
in deinen Hals – schon nagen sie
ihn ab und saugen aus dein Blut,
den Viechern tut das scheinbar gut.

Es schert sie nicht dein Widerwillen.
Sie wollen ihren Durst jetzt stillen.
Ein Tor, wer Widerstand versucht!
Heil findest du nur in der Flucht.

So knapp entronnen der Gefahr
scheint's Tageslicht dir wunderbar.
Verschwunden all die Kreaturen,
die eben noch den Tod dir schwuren.

Doch bald ist nachts dir in den Federn,
als ob dein Nachtgewand wär ledern.
Du fühlst dich willenlos gefangen
in unerklärlichem Verlangen.

Hast grad erst im Bekleidungshandel
erstanden einen Ledermantel.
In deinen wilden, wirren Träumen
hängst du damit an Weidenbäumen.

In Schweiß gebadet wirst du wach.
Am liebsten stiegest du aufs Dach.
Verführt von ultrahohem Tone
zieht es dich hin zu dem Balkone.

Dort leuchtet hell der Mond dich an,
dem keiner widerstehen kann.
Die Zehen werden dir zu Krallen,
die Schuhe auseinanderfallen.

Du breitest deine Arme aus.
Aus deiner Lunge will hinaus
ein Ruf, kaum hörbar, fast ein Stöhnen
in hochfrequenten schrillen Tönen.

Dein Innerstes kennt nur ein Streben:
dich in die Lüfte zu erheben,
zu deinem Herrn zu eilen – ja!
Zu dir ich flieg', Graf Dracula!!!

Sina Blackwood

Der alte Friedhof

„Lebensmüde oder einfach nur ein bisschen naiv?"

Tim kreiselte erschreckt herum, die junge Frau verblüfft musternd. Es war ja auch nicht ganz alltäglich, kurz nach Mitternacht auf dem alten Friedhof angesprochen zu werden. Selbst bei Tage war er beinahe der Einzige, der sich traute, hier hindurch zu gehen. Die hohen Tannen ließen das ganze Areal unheimlicher erscheinen, als es durch die düsteren Grabmale und Skulpturen ohnehin schon war. Zudem hatte vor Wochen jemand mit bloßer Hand rote Farbe an der Mauer verschmiert, die rasch verblasste. Besonders ängstliche Gemüter deuteten es als Blut und behielten nach einer Analyse sogar recht. Tim hatte mit den Schultern gezuckt, während die meisten einen noch größeren Bogen um den Totenacker schlugen.

Die Fremde lehnte an der Säule der winzigen Kapelle und machte nicht den Eindruck, zum ersten Mal hier zu sein. Dass sie hochhackige Riemchensandalen und nur ein hautenges rotes Minikleid trug, obwohl höchstens drei Grad Celsius herrschten, fiel ihm erst beim vierten, wenn nicht gar fünften Blick auf. Er war an den großen dunklen Augen in einem blassen von goldblondem Haar umrahmten Gesicht hängen geblieben. So hatte er auch nicht gemerkt, dass sie beim Sprechen kaum die Lippen bewegte, genau wie beim Lächeln.

„Bist du öfter hier?", fragte er, als er sich ein bisschen gefangen hatte.

„Hin und wieder." Sie löste sich von der Säule, um langsam auf ihn zuzugehen. „Und du?"

„Täglich. Es ist eine hilfreiche Abkürzung", erklärte Tim, fasziniert von ihrer Stimme.

Sie nickte wissend, lächelte kaum merklich und blieb in einem gewissen Abstand vor ihm stehen, als habe sie Furcht, näher zu kommen. Dabei wäre sie mit dem Schuhwerk gar nicht in der Lage gewesen, zu fliehen, hätte er Böses im Sinn gehabt. Aber selbst daran dachte er nicht. Tim hatte der Blitz aus heiterem Himmel getroffen.

„Darf ich dich zum Essen einladen?", bat er mit treuem Hundeblick.

Seine Freunde hätten ihn wohl nicht wiedererkannt. Wenn er nicht gerade seinen Job als Türsteher einer Nobeldisco machte, war er als knallharter Typ mit seiner Harley auf den geilsten

Straßen der Welt unterwegs. Seine normale Masche wäre gewesen, sie einfach am Arm zu nehmen. Wir gehen Essen, Püppchen.

„Sei vorsichtig mit Wünschen. Sie könnten anders in Erfüllung gehen, als du es dir in deinen finstersten Albträumen ausmalen kannst", flüsterte sie, noch einen Schritt auf ihn zu kommend.

Der Tonfall hatte so deutlich nach Warnung geklungen und die Iris ihrer Augen einen blutroten Hauch bekommen, dass Tim, ohne es zu wollen, an die Schmiererei an der Friedhofsmauer denken musste.

„Es liegt nicht mehr in deiner Hand, diesen Ort verlassen zu können", hörte er sie noch sagen, ehe sie beim Lächeln Reißzähne blitzen ließ, die einem Wolf zur Ehre gereicht hätten.

Tim, gewohnt, Drohungen zu erhalten, ahnte zwar den Ernst der Lage, erwiderte aber trotzdem sehr gefasst: „Ich bin schon dankbar, dass du mir nicht aus dem Hinterhalt an die Gurgel gesprungen bist."

„Und nun rechnest du dir Chancen aus?"

Er musste grinsen. „Solange du mit mir sprichst, schon."

„Ich gebe ungern zu, dass du mir lebend mehr nutzt", schmunzelte sie. „Setzen wir uns."

Tim nahm neben ihr auf der Treppenstufe Platz und schaute sie erwartungsvoll an.

„Solange du hier unbehelligt hindurch gehst, und die anderen das sehen, ist der Blutnachschub für mich gewährleistet", sagte sie ohne Umschweife. „Solltest du mich allerdings verraten, dann finde ich Wege, um dich zur Strecke zu bringen. Zwar kann ich diesen Ort nicht verlassen, aber es gibt genügend Menschen, die alles tun würden, um ihre Seele und ihr erbärmliches Leben zu retten."

Nach kurzem Überlegen willigte Tim ein. „Abgemacht. Wie willst du den Pakt besiegeln? Mit Blut?"

Sie begann zu kichern. „Ich bin doch nicht der Teufel. Nur etwas Ähnliches." Dann wurde sie ernst. „Im Gegenzug schwöre ich, dass ich da sein werde, wenn du eines Tages am dringendsten Hilfe brauchst. Und nun geh."

Tim stand auf, klopfte sich den Staub vom Hosenboden, wollte sich verabschieden – doch die geheimnisvolle Fremde war verschwunden, als habe es sie nie gegeben. Kopfschüttelnd machte er sich auf den Weg.

Wie gewohnt, überquerte er Tag für Tag den Friedhof, Monat um Monat und Jahr für Jahr, ohne noch einmal auf die wundersame blonde Frau zu treffen, die er einfach Stella nannte. Wenn er auf dem Weg zur Arbeit das Areal betrat, flüsterte er: „Guten Abend", und wenn er heimwärts strebte: „Gute Nacht". Fuhr er in den Urlaub, dann meldete er sich sogar ab. Manchmal fühlte er einen eisigen Hauch, der nichts mit dem Wind zu tun hatte. Andere wären schreiend davongestoben. Er hingegen blieb einen Moment stehen, spähte umher und wisperte: „Ich hoffe, es geht dir gut." Dann setzte er mit einem kaum merklichen Lächeln seinen Weg fort.

Stella, falls sie denn wirklich existierte, dosierte ihre Bisse gut. Jedenfalls machten, außer den üblichen Schauergeschichten, nie irgendwelche Vorkommnisse von sich reden. Und manchmal glaubte sogar Tim, der bewusste Abend sei nur seiner Fantasie entsprungen.

Bis zu jenem Tag, als er versuchte, eine Messerstecherei zu schlichten ...

Ein Stich in die Lunge schickte ihn zu Boden. Schaumiges Blut quoll aus seinem Mund. Mit letzter Kraft schleppte er sich zu einem Taxi und bat, ihn direkt ans Tor des alten Friedhofs zu fahren.

„Soll ich Sie nicht lieber ins Krankenhaus bringen?", fragte der Fahrer, setzte das Auto in Bewegung und rief, weil sein Passagier kaum noch reagierte, den Notarzt zum Ziel seines Fahrgastes.

Das Taxi war schneller vor Ort, Tim öffnete die Tür und ließ sich einfach hinausfallen. Auf dem Bauch robbte er die wenigen Meter bis zum Tor. Er schaffte es sogar noch, seine Brieftasche hervorzuholen und so liegenzulassen, dass sie der Taxifahrer sehen musste, der händeringend versuchte, ihn aufzuhalten.

„Die Ärzte können mir nicht mehr helfen", hörte der Fahrer Tim röcheln.

Dann hatte Tim den Eingang erreicht und streckte hilfesuchend eine Hand über die Schwelle. Er fühlte einen eisigen, aber festen, Händedruck und wurde mit einem Ruck ganz in den Friedhof gezogen, wo sich plötzlich Stella über ihn beugte, die auch weiterhin seine Hand umklammert hielt.

„Jetzt löse ich mein Versprechen ein. Gleich sind alle Qualen für immer vergessen", hörte er sie wispern und spürte, wie sie ihre Lippen auf die Wunde in seiner Brust presste und gierig zu saugen begann.

Die Schmerzen ebbten rasch ab. Eine nie gekannte Leichtigkeit umfing ihn.

„Herzlich willkommen auf der dunklen Seite der Welt. Ich denke, wir sollten verschwinden", schlug Stella vor, ihn auf die Füße ziehend, wo er einen Moment schwankend stehen blieb, um sich dann sofort, wie sie, unsichtbar zu machen.

Dem Taxifahrer quollen fast die Augen aus dem Kopf. Mit Händen und Füßen versuchte er, dem Rettungsdienst und der herbeigeeilten Polizei zu erklären, was er gerade beobachtet hatte. Die heimlichen Scheibenwischerbewegungen vor den Köpfen der Männer sah er nicht. Aber sie gaben ihm recht, dass auf dem Weg jemand verblutet sein musste und die Blutgruppe mit der in seinem Wagen identisch war. Die Leiche wurde allerdings nie gefunden.

Der lag auch nichts daran. Die richtete sich mit Stella die Kapelle gemütlich ein und segelte fortan glücklich und zufrieden auf lautlosen Fledermausschwingen mit ihr durch die Nacht, immer auf der Jagd nach einem blutigen Snack.

Michael Gimmel

Yokai

Wie alles begann

Vor vierzehn Tagen war ich im Urlaub im ehemaligen Rumänien. Ich bin gern in den Bergen. Ein Bekannter, mit gleichen Interessen hatte mir dieses Urlaubsziel empfohlen. Wir hatten schon ein paar gemeinsame Touren hinter uns, doch während er immer erpicht ist, die höchsten Gipfel zu erklimmen, bleibe ich, abgesehen von einigen wenigen Gipfeltouren, eher auf halber Höhe. Mir fehlt seine Kondition.

Auf seine Empfehlung hin, wollte ich mir nun die Karpaten erschließen. Nach der Landung in Bukarest begab ich mich per Bus nach Pitești, mit der Eisenbahn weiter nach Curtea de Argeș, einer der ältesten Städte Rumäniens mit einer herrlichen Kathedrale, in der viele rumänische Könige begraben liegen. Von da mietete ich ein Auto nach Arefu.

Unterwegs gab die Schrottmühle den Geist auf und ich bewältigte den Rest der Strecke auf dem Ochsenkarren eines Bauern. Das war der Ausgangspunkt meiner Erkundungen. Eine der nahegelegenen Sehenswürdigkeiten war der malerische Vidraru-Stausee am Argesch, einem Nebenfluss der Donau.

Sehr schön, man konnte fischen, baden, sogar Bungee-Jumping von der Staumauer wurde angeboten. Zum Zeitpunkt meines Urlaubs war das allerdings nicht möglich. Der Bungee-Betrieb war eingestellt, weil es einen mysteriösen Unfall gegeben hatte, dessen Untersuchung bisher ergebnislos verlaufen war. Ein Springer war ins Pendeln geraten und seitlich gegen die Staumauer geschlagen …

Der Sohn eines hochgestellten Beamten aus der Bezirksverwaltung, hieß es. Das Mitleid der Leute hielt sich in Grenzen, denn der Vater galt als seelenloser Bürokrat und der Sohn als Verschwender.

Aber Bungee wäre sowieso nicht meine Sache gewesen. Ich trieb mich lieber auf den Pfaden der umliegenden Berge herum. Dabei stieß ich auch auf die Burg Poenari, genauer gesagt deren Ruine.

Nach dem ziemlich steilen Aufstieg grüßten mich kurz vor der Burg ein paar auf Pfähle gespießte Puppen. Also nicht, was ihr euch jetzt vorstellt … menschliche Puppen. In Lebensgröße. Sie trugen zerfetzte Gewänder aus Sackleinen, aus denen blutbeschmierte sehr realistisch aussehende Gliedmaßen hervorragten. Ebenso realistisch waren die Köpfe über deren schmerzverzerrte, besudelte Gesichter ein paar Strähnen zerzauster, mit Vogelkot beschmierter Haare hingen.

Da wurde es mir klar. Schon unten am Fluss hatte es einen Andenkenladen gegeben „Souvenir Dracula". Ich hatte das nicht so ernst genommen. Schließlich war ich in der Walachei und mit Dracula wurde überall geworben. Fürst

Vlad III. war neben seinem Beinamen „Dracula" auch als der „Pfähler" bekannt.

Aber wenn man so unversehens mitten in den Bergen vor einer Burgruine lebensgroße Nachbildungen gepfählter Türken erblickt (oder waren es walachische Bojaren?), ist das schon beklemmend.

Zudem war ich etwas spät am Tage aufgebrochen und trotz des bewölkten Himmels nicht von meinem Entschluss abzubringen gewesen, an diesem Tag die Burg zu besuchen. Wie immer, wenn man nicht auf sein Bauchgefühl hört, kam es noch dicker.

Bis ich oben auf der Burg war, hatte sich der Himmel völlig zugezogen und es ging ein heftiges Gewitter nieder. Ich fand ein Kellerloch in der Ruine, wo ich einigermaßen trocken blieb, und beschloss, das Ende des Gewitters dort abzuwarten. Der Regen wollte gar nicht wieder aufhören und ich hatte Bedenken, den Abstieg zu wagen, weil der Weg im Regen ziemlich glitschig und schlammig geworden sein musste.

Endlich ließ der Regen doch noch nach und ich wollte den Abstieg in Angriff nehmen. Inzwischen war es dunkel geworden. Als ich an den Gepfählten vorüberkam, die in den letzten Windböen des abziehenden Gewitters stumm auf ihren Pfählen hin und her schwankten, lief mir wahrhaftig ein Schauer über den Rücken.

Nicht weil ich vor ihnen Angst hatte. Ich bin ein durch und durch rationaler Mensch. Ein paar Puppen, die man aufgestellt hatte, um Touristen ein wenig Grusel zu bescheren, konnten mir nichts anhaben. Nein. Aber ich hatte während meines erzwungenen Aufenthaltes im Kellerloch darüber nachgedacht, was ich über Vlad III. wusste – jenseits aller Schauergeschichten.

Wie ich mich erinnerte, war er einer der erbittertsten Gegner von Sultan Mehmed, der die Walachei und ganz Siebenbürgen unbedingt dem Osmanischen Reich einverleiben wollte. Eine schillernde Persönlichkeit. Einerseits wurden ihm entsetzliche Grausamkeiten angedichtet. Pfählen soll seine Lieblingsstrafe gewesen sein, aber auch das Kochen, Verbrennen und Enthäuten seiner Feinde wurde ihm nachgesagt.

Er soll auch unter den Wallachischen Bojaren gewütet haben, insbesondere nachdem die seinen älteren Bruder lebend begraben und seinen Vater ermordet hatten. Dem anrückenden osmanischen Heer stellte er 20000 gepfählte Türken entgegen – so hieß es. Aber selbst wenn es nur ein Viertel dessen gewesen war, es zerstörte die Kampfmoral der Türken und bewog letzten Endes den türkischen Befehlshaber, entsetzt vor dieser Gräueltat zu fliehen und den Feldzug abzubrechen.

Andererseits soll er unter dem Landvolk große Sympathien gehabt haben, da er für Gerechtigkeit und gegen Korruption auftrat, sein Volk vor der türkischen Aggression oder vor den gerissenen deutschen Kaufleuten verteidigte, und als ein Verfechter des einfachen Mannes gegen die Unterdrückung durch die Bojaren galt.

Noch heute verwendet man in Rumänien angesichts chaotischer Zustände (und deren gibt es wohl immer noch genug im Land) gern den Ausruf „Wo bist du, Țepeș, Herr?" Țepeș ist das rumänische Wort für „Pfähler".

Zur Untätigkeit verdammt, ging mir die Vorstellung einfach nicht aus dem Kopf, was es bedeutet, von vier Männern oder von Seilen festgehalten zu werden, während einem ein spitzer Pfahl in den Hintern getrieben wurde. Es musste ein grässlich qualvoller Tod gewesen sein.

Das war die Ursache für den kalten Schauer! Es war jedoch, insbesondere zwischen den Bäumen, schon so dunkel, dass ich befürchtete, im Dunklen einen Fehltritt zu machen, zu stürzen und mich ernsthaft zu verletzen. Der Weg war immer noch vom Regen nass und rutschig.

Nach ein paar Metern vorsichtigen Tastens hörte ich diesmal auf mein Bauchgefühl und kehrte um. Ich beschloss, lieber in der Ruine den nächsten Tag abzuwarten oder, so meine stille Hoffnung, das Erscheinen des Mondes, bei dessen Licht ich vielleicht ausreichende Sicht für den Abstieg haben würde. Ich zog mich wieder in das Kellerloch zurück.

Nach einer Stunde begann ich zu frieren, kroch aus dem Loch hervor, trampelte eine Weile herum und schlug die Arme um mich und verfluchte die missliche Lage, in die ich geraten war. Mir wurde tatsächlich wärmer und ich zog mich erneut in den Keller zurück, wo ich in einen unruhigen Schlaf fiel.

Richtig zu schlafen, war mir aber nicht vergönnt. Ich wurde an der Schulter gerüttelt und sah die schemenhaften Umrisse einer Gestalt gegen den Nachthimmel. Im ersten Moment war ich unendlich erleichtert, weil ich dachte, man hätte nach mir suchen lassen und würde mich nun mit einer Laterne nach Hause begleiten.

Doch es dauerte nur zwei Sekunden, da erkannte ich, dass die Gestalt vor mir lediglich mit einem zerlumpten Sack bekleidet war, der mir seltsam bekannt vorkam. Sie hatte auch keine Laterne bei sich.

Die Wolken hatten sich tatsächlich gelichtet. Der Mond war zwar nicht zu sehen, aber sein indirekter Schimmer ließ mich zumindest die Umrisse der Ruinen und der Gestalt erkennen.

Diese zerrte an mir und krächzte etwas auf Rumänisch. Nahm ich jedenfalls an, denn ich verstand kein Wort. Aber es klang bedrohlich. Aus einem unerfindlichen Grunde wusste ich trotzdem genau, was sie sagte: „Los, du erbärmlicher Wicht, komm mit, der Fürst will dich sehen. Heute ist eine gute Nacht zum Sterben!"

Wie benommen ließ ich mich aus meinem Kellerloch zerren und stellte fest, dass das, was ich für eine Laterne gehalten hatte, das Obergeschoss des Burgfrieds war, aus dessen vergitterten Fensteröffnungen unruhiges, rötlich-gelbes Licht flackerte. Tagsüber hatte ich gemeint, auch der Burgfried sei zerstört und nur seine hohlen Wände übrig geblieben. Jetzt musste ich mir eingestehen, dass ich mich getäuscht hatte.

Die Gestalt scheuchte am Fuße einer knarrenden Holztreppe mit einem Fußtritt und einem Fluch eine schwarze Katze davon, die mit einem hohen, winselnden Klagelaut in die Dunkelheit floh, wo ich sie nur noch anhand ihrer gelb leuchtenden Augen ausmachen konnte. Dann stieß sie mich die Treppe hinauf.

Jede Berührung ihrer knochigen Hände verursachte mir Ekel und ich beeilte mich, die Treppe zu erklimmen, um nicht erneut angestoßen zu werden. Zu meinem Erstaunen saß in dem Obergeschoß neben einem Kamin mit lodernden Holzscheiten in einem massiven Stuhl mit hoher Lehne ein Mensch aus Fleisch und Blut.

Bekleidet war er mit einem pelzverbrämten, reich bestickten Gewand, wie man es üblicherweise nur in Museen für das ausgehende Mittelalter zu sehen bekommt. Seine Beine umhüllte eine weite Stoffhose, die Füße recht bequem aussehende Lederstiefel. Das dichte Haar trug er offen und schulterlang. Zur Begrüßung hob er mir den goldenen, mit Edelsteinen besetzten Pokal entgegen, den er in der Hand hielt. Gefüllt war der Pokal mit starkem roten Wein, den ich bis zu mir riechen konnte.

Ohnehin waren meine Sinne nach der unbequemen Nacht im Kellergewölbe geschärft und selbst in der Entfernung vom Kamin nahm ich dankbar, dessen wohlige Wärme war.

„Willkommen Fremder", sagte der Fürst in einem fränkisch anmutenden Deutsch. „Wie lang ist es her, dass sich ein nächtlicher Gast zu mir verirrt hat, zehn Jahre, hundert Jahre? Ich weiß es nicht, aber ich will mir von Euch berichten lassen, was in der weiten Welt geschieht. Lebt Mehmed noch, dieser Aasgeier, dieser jämmerliche Hund, der nachts den Mond anheult, den er auf die Spitze seines Palastes gespießt hat?

Pah, den Mond. Ich habe Tausende seiner Landsleute aufgespießt, seinen Statthalter aufgespießt und ich hätte ihn selbst aufgespießt, wenn ich ihn in die Finger bekommen hätte."

Der eben noch so friedlich und freundlich wirkende Mann war bei seiner Rede aufgesprungen. Plötzlich sah er sehr zornig aus, die Augenbrauen drohend zusammen gezogen. Seine Miene zeigte Abscheu. Er trat auf mich zu.

Aus seinem Atem schlug mir der säuerliche Geruch des Weines entgegen, als er mir leise, aber mit Nachdruck, zuraunte: „Sprecht die Wahrheit. Wenn ich Euch bei einer Lüge ertappe, bekommen die zwei vor der Burg einen Spielgefährten!"

Ich konnte das Zittern nicht unterdrücken, doch er schien es nicht zu bemerken. Er ließ sich wieder auf seinen Stuhl fallen, entspannte sich und winkte mir, lässig als wäre nichts geschehen, zu, ich sollte mir von einem kleinen Tischchen einen Becher nehmen und mit ihm anstoßen.

Mir war aller Durst vergangen. Mit zitternden Fingern goss ich mir Wein ein, nicht viel, und mein einziges Bestreben war, nichts zu verschütten. Der Wein schmeckte wie er roch.

So etwas verkaufte man bei Aldi für 1,50 Euro im Pappkarton. „Ihr sprecht deutsch?", fragte ich verdattert.

„Oh, ich spreche viele Sprachen", gab mir der Fürst stolz zur Antwort. „Ungarisch, Serbisch, Türkisch und Rumänisch natürlich. Ich hielt mich einmal eine Zeit lang in Nürnberg auf. Geschäfte, Politik, Ihr wisst schon. Aber Ihr kommt nicht aus Nürnberg, scheint mir. Los, erzählt schon!"

Stockend begann ich etwas von der heutigen Weltordnung zu berichten. Dass die Türken so weit zurückgedrängt worden waren, behagte ihm sehr. Was die „Europäische Union" sei, konnte ich ihm nicht verständlich machen und ließ das Thema schnell wieder fallen, um nicht erneut seinen Unmut heraufzubeschwören. Mit Amerika, geschweige denn den USA konnte er gar nichts anfangen und hielt es für einen Teil Englands.

Damit ich durch seine Fragen nicht in weitere Fettnäpfchen geriet, bat ich ihn, seinerseits von seinem Leben und seinen Schlachten zu berichten.

Das schien ihm zu schmeicheln und er warf mit Namen von rumänischen Adeligen jener Zeit um sich, meist denen, die er getötet hatte, gepfählt nahm ich an und er lachte dabei schauerlich. Er warf mir Ortsnamen an den Kopf, wo er seine Schlachten geschlagen hatte. Alle diese Namen, die der Leute und die der Orte sagten mir überhaupt nichts, außer der Name des ungarischen Königs Matthias Corvinus, dessen Tochter er geheiratet hätte und der Name des Ortes Curtea de Argeș, weil ich durch diesen Ort gefahren war.

Doch ich hütete mich, meine Ignoranz preiszugeben und heuchelte Interesse und Bewunderung in der Hoffnung, die Nacht sei bald vorbei und der Spuk würde sich verflüchtigen. Als der Fürst in so wohlwollender Stimmung war, rutschte es mir heraus, dass ich gar keine Fledermäuse in den Mauern der Burg gesehen hätte.

„Fledermäuse?", lachte er und sein mächtiger Schnurrbart wippte, während ihm ein Rinnsal roten Weines aus dem Mundwinkel lief. „Fledermäuse, Skorpione, schwarze Katzen! Ammenmärchen, Aberglaube des Volkes. Ich weiß.

Aber ich lasse sie. Sollen sie es glauben und mich fürchten. Furcht ist eine schärfere Waffe als das beste geschmiedete Schwert. Ich brauche keine Fledermäuse. Ich habe andere Mittel, mir jeden Untertan zu machen. Aber vielleicht sollte ich mir ein paar zulegen? Nur so, als Haustiere. Eine schwarze Katze streunt auch schon hier herum."

Ich musste hier weg und sann verzweifelt nach einem Ausweg. Vorsichtig versuchte ich, ihm den Gedanken einzuflößen, dass er mich wieder hinunter in den Ort schicken sollte, um weitere Informationen über die Welt da draußen zu sammeln. Dabei muss ich unvorsichtig geworden sein, denn plötzlich wurde er wieder zornig. Vielleicht lag es auch am Wein. Das Zeug konnte unmöglich gesund sein …

Ehe ich es mich versah, war die Gestalt im zerfetzten Sackhemd hereingestürmt, ich hatte plötzlich Seile an den Händen und wurde aus dem Fenster geworfen. Ich fiel aber nicht zu Boden, denn die Seile waren irgendwo oben im Turmzimmer festgezurrt. Ein Ruck ging durch meinen Körper und fast riss es mir die Arme aus. Nichts mehr war von der wohltuenden

Wärme des Kaminfeuers zu spüren, draußen pfiff der Wind um meinen Körper.

Ich wunderte mich noch, was sich so anders anfühlte, da merkte ich, dass auch ich nichts weiter als solch ein Gewand aus Sackleinen auf dem Leib trug. Über mir hörte ich des Fürsten höhnisches Gelächter – unter mir sah ich die zwei Gepfählten, die von ihren Pfählen herabgestiegen waren und mir ihre verzerrten Gesichter entgegen reckten.

Nur einen kurzen Augenblick konnte ich zappeln, um ihren Händen zu entgehen, dann hatten sie auch um meine Knöchel ein Seil gewunden und zerrten meine Beine auseinander, dass ich mich kaum noch rühren konnte. Wie ein Andreaskreuz oder wie zu klein geratene Windmühlenflügel hing ich draußen am Turm.

Der Wind pfiff mir von unten durchs Gewand und ließ mich vor Kälte zittern, während die beiden Gestalten einen gewaltigen Pfahl emporhoben und zwischen meine Beine schoben. Mir quollen die Augen aus den Höhlen.

Wären sie nicht durch den Sehnerv mit meinem Kopf verbunden gewesen, sie wären mir jetzt herausgefallen. Schon verspürte ich den Druck des Holzes an meinem Hintern.

Über mir höhnte der Fürst: „Nehmt Platz Fremder, macht es Euch bequem. Es wird eine lange Nacht …"

Ich wollte schreien, allein es kam kein Ton heraus. Ich wusste nicht, drang der Pfahl schon in meinen Körper ein, war es nur der Zug der Seile, an meinen Gliedmaßen, der mich zu zerreißen drohte, war es nur meine panische Angst?

Vor mir in der Nacht sah ich die gelben Augen des schwarzen Katers aufleuchten. Unmöglich! Der Kater konnte niemals in dieser Höhe sein, es sei denn er wäre auf die äußerste Spitze einer der hohen Tannen geklettert. Das tun Kater nicht.

Als die Augen wieder erloschen, hörte ich ein eigenartiges klapperndes Geräusch. Nein, es war eher ein Flattern. Dann spürte ich ganz nah den Windhauch schneller Flügelschläge. Sie berührten meine Wange, meine nackten Arme und Beine.

Wenn die ziehenden Wolken einmal flüchtig etwas von dem Mondlicht durchließen, sah ich vor mir eine Wolke wie ein Mückenschwarm, nur waren die Mücken größer und hatten so eigenartige Silhouetten. Als ich endlich meinen verzweifelten Angstschrei auszustoßen vermochte, war der ganze Spuk plötzlich vorbei.

Wie von der Tarantel gestochen (und das war angesichts der gerade überstandenen Schrecken eine ausgesprochen unspektakuläre Vorstellung) setzte ich mich im Bett auf und fiel gleich wieder um, weil sich alles drehte.

Es gab einiges Rumoren und als ich erneut meine Augen öffnete, diesmal etwas vorsichtiger und ohne mich aufzurichten, saß neben meinem Bett ein älterer Herr in einem altmodischen Anzug und sprach in gebrochenem Deutsch auf mich ein.

Seinem Kauderwelsch entnahm ich folgende Geschichte. Man hatte zwar im Ort bemerkt, dass ich in meiner Pension nicht zum Abendbrot erschienen war, sich aber nichts weiter dabei gedacht. Erst als ich am nächsten Morgen nicht zum Frühstück erschien, wollte man mich wecken und stellte fest, dass ich nicht da war.

Jetzt begann man, nach mir zu suchen, und irgendjemand erinnerte sich, dass ich mich nach dem Schloss Poenari erkundigt hatte, oder nach dessen Überresten.

Man fand mich neben der Landstraße, am Eingang des Pfades, der zur Burg hinauf – oder in dem Fall von ihr herunter – führte. Total durchnässt und völlig unterkühlt, mit Schürfwunden, einer Platzwunde am Kopf und leise vor mich hin wimmernd.

Ich muss wohl doch den Abstieg bei Nacht gewagt haben und dabei ausgerutscht sein. Die Verletzungen waren harmlos und nicht der Rede wert. Aber ich hatte eine Gehirnerschütterung und ziemlich hohes Fieber.

Der Doktor, denn das war dieser alte Mann, befürchtete eine Lungenentzündung, pumpte mich mit Antibiotika voll, nachdem er sich vergewissert hatte, dass die deutsche Krankenversicherung ihm seine Kosten bezahlen würde, und steckte mich ins Bett, wo die Pensionswirtin in völliger Ignoranz jeglicher Fortschritte in der modernen Medizin ringsherum irgendwelche Kräuter aufhängte, Bündel von Knoblauchzehen an den vier Bettpfosten befestigte und mir eine übelriechende Salbe auf die Brust schmieren wollte. Dabei murmelte sie unentwegt fremdartige Beschwörungsformeln vor sich hin.

Selbst der Doktor, der aus dem Ort stammte und mit solchem Gebaren und der Mentalität der Leute doch vertraut sein musste, schüttelte den Kopf.

Leider hatte die Pensionswirtin eine Katze, die sie abgöttisch liebte und die sich deshalb im ganzen Haus frei bewegen durfte, auch in meiner „Krankenstube". Das wäre an sich nicht so tragisch gewesen. Doch die Katze war schwarz. Wie die Nacht. Jene denkwürdige Nacht.

Es war mir nicht gelungen, den Doktor von der Realität meiner Erlebnisse zu überzeugen. Er meinte, Halluzinationen seinen eine charakteristische Begleiterscheinung einer Lungenentzündung und durch das hohe Fieber bedingt. Ich hätte vermutlich zu viel über die Historie des Ortes gelesen, was mir in meinem Zustand nun zum Verhängnis würde. Ich wäre nicht der erste Ausländer, dem es so erginge.

Nacht für Nacht hatte ich Fieberfantasien der schlimmsten Art. Entweder schossen Schwärme gieriger Fledermäuse durchs Zimmer und setzten sich auf meinen Kopf und mein Gesicht oder die schwarze Katze schlich durch mein Zimmer, funkelte mit ihren gelben Augen und verbiss sich in meine Wade. Wahrlich schmerzhaft.

Als ich aufschrie, kam die Wirtin mit einem altmodischen Nachtlicht ins Zimmer gestürmt, doch es war keine Katze zu sehen. Auch keine Bisswunde. Sie machte mir den Rest der Nacht Wadenwickel, was fast dem Biss der Katze gleichkam.

Dann wieder stiegen die Gepfählten durch das Fenster, krochen auf mich zu und betatschten mich mit ihren knochigen Händen, bis mich der Ekel schüttelte. Zwischen meinen Beinen schob sich ein dicker Gegenstand immer höher …

Die Gestalten raunten mir unentwegt zu: „Komm, Fremder, der Fürst will dich sehen. Du sollst ihm weiter von der Welt da draußen erzählen."

Und ich nahm sogar den unsäglichen Geruch des Weines wahr. Der konnte freilich auch vom Doktor stammen. So ganz sicher war ich mir da nicht.

Nach einer Woche hatte ich es überstanden, reiste sofort nach Deutschland zurück. Doch die Albträume, insbesondere der mit den Gepfählten, suchten mich noch immer heim. Zu Hause mochte ich das gleich recht niemandem erzählen.

Nervenheilanstalten sehen meist sehr idyllisch aus, aber nur von außen!

Matthias Albrecht

Der moderne Vampir

Die Zeiten haben sich geändert. Das machte auch vor den Vampiren nicht halt. Deren altes, über Jahrhunderte gültiges Erscheinungs- und Verhaltensbild ist längst überholt. Damals verwandelten sie sich des Öfteren in Fledermäuse, um unerkannt, schnell und lautlos große Entfernungen zu überbrücken. Sie waren in der Lage, glatte, steile Wände zu erklimmen und – sogar kopfüber – an diesen wieder hinab zu gleiten. Sie klopften an Türen und Fenster ihrer auserwählten Opfer, um in die Häuser zu gelangen, konnten sie doch deren Schwellen nur übertreten, wenn die Bewohner sie freiwillig hinein ließen. Sie ekelten sich vor Knoblauchdünsten, hatten panische Angst vor Weihwasser und Kruzifixen. Sie verschliefen den Tag in Särgen, um keinem Sonnenstrahl die Chance zu geben, sie zu Staub zu verbrennen.

Zu früheren Zeiten erkannte man den gemeinen Vampir, so man ihn zu Gesicht bekam, an seiner bleichen Hautfarbe, dem Leichengeruch, dem stechenden Blick und der schlanken Gestalt. Nur die Elite, die High Society sozusagen, hob sich von den niederen Kreaturen ab.

Der berühmteste Vertreter dieser Vampir-Aristokratie: Graf Vladislav Dracula von Ardeal. Verführerisch, elegant, charismatisch, intelligent.

Sein weibliches Pendant: Elisabeth Báthory, die „Blutgräfin", welche über Jahre hinweg sechshundert Mädchen grausam zu Tode folterte, in ihrem Blut badete und dieses auch getrunken haben soll im Wahn, dadurch ihre Jugend erhalten zu können. Angeblich wurde sie, nachdem diese Verbrechen aufgedeckt worden waren, im Jahre 1614 in ihrer Burg Čachtice in den slowakischen Karpaten lebendig eingemauert. Wen wundert 's, dass die noch heute als unsterblicher Vampir umhergeistert. Wer hat auch je davon gehört, dass man einen Vampir durch bloßes Einmauern für immer los werden könnte?!

Dennoch – das Bild des Vampirs hat sich grundlegend gewandelt! In unserer heutigen Zeit streift er nicht mehr nachts umher, sondern treibt sein Unwesen am helllichten Tag in aller Öffentlichkeit. Längst ist er davon abgekommen, sich von Blut ernähren zu müssen. Er hat es nicht mehr nötig. Und auch die äußeren Merkmale – bleiches Antlitz, stechender Blick, Verwesungsgeruch, lange dünne Gliedmaßen – sind längst verschwunden. Der Vampir der Moderne sieht aus wie jeder Mensch. Er kleidet und benimmt sich auch so. Es könnte Ihr stets hilfsbereiter, freundlicher Nachbar sein. Oder der Obst- und Gemüsehändler auf dem Wochenmarkt. Der Taxifahrer, Hausmeister, Stromableser. Oder die Lehrerin Ihres Kindes, die Kassiererin im Supermarkt, die alte, einsame Witwe, die jeden Sonntag die Tauben im nahen Park füttert …"

Oder vielleicht Sie selbst?

Oh – sehen Sie sich vor! Wer da jetzt zusammenzuckt, macht sich verdächtig.

Nein, vergessen Sie es! So einfach ist es denn doch nicht. Die Wahrscheinlichkeit, dass sich aus dem gerade aufgezählten Klientel ein Vampir nachweisen ließe, ist verschwindend gering. Die modernen Untoten sind in anderen Gefilden heimisch. Sie geben sich nicht mit Peanuts ab. Harte Arbeit? Haben sie nicht nötig. Sie ernten, wo sie nicht gesät haben. Wie alle Parasiten. Insofern stehen sie ihren Ahnen um nichts nach. Sie haben sich eben nur angepasst.

Die Blutsauger von heute sitzen in der Regierung. In den Aufsichtsräten führender Unternehmen. In den Ministerien. Sie üben Macht aus. Sind hoch angesehen. Haben Einfluss. Oder kennen zumindest jemanden, der Einfluss hat. Und wenn dieser Vampir unserer Zeit Verfehlungen begeht und erwischt wird, bezahlt er eine geringe Strafe, streut er sich Asche aufs Haupt und steigt wenige Jahre oder Monate später wie Phönix aus Selbiger, um nun – nach erfolgreicher Häutung als frischgebackene Python – erneut auf Beutezug zu gehen. Dem Finanzamt wirft er reumütig ein paar „Knochen" hin. Das „Fleisch" liegt derweil unangefochten auf Schweizer Konten.

Den großen Vampiren kann man nicht entkommen. Niemand von uns. Selbst den kleinen nicht. Oder glauben Sie, es hätte Sinn, windige Arzt- oder Klempnerrechnungen in Zweifel zu ziehen? Oder der völlig überteuerten Rechnung des Schlüsseldienstes vom letzten Wochenende gerichtlich beizukommen?

Versuchen Sie es getrost. Ich wünsche Ihnen viel Glück. Nicht nur Sie – wir alle können es brauchen. In Zukunft und auf ewig …

Iris Fritzsche

Familie Fledermaus

Seit Waldemar, die Fledermaus,
in unsrer alten Schule haust,
wird er gepackt vom Wissenswahn.
Das kostet ihn den ersten Zahn.

Er hatte auf ein Buch gezielt,
weil er ein Bild für fressbar hielt.
Das merkt zu spät der Waldemar,
denkt schließlich auch der Herr Papa.

Und sein kleiner Bruder Max
entdeckt 'ne Tüte Ohropax.
Hinein ins Ohr und losgewetzt,
schon landet er im Spinnennetz.

Die große Schwester Gerda,
die treibt es noch viel ärger.
So trinkt sie eine Flasche Bier,
statt Blut, wie schließlich ein Vampir.

Die Mutter quietscht, dass Glas zerspringt,
das ganze Haus im Takte schwingt.
Der Vater brüllt im Ultraschalle:
„Jetzt aber raus hier, und zwar alle!"

Sina Blackwood

Trinkgewohnheiten

Das Warzenschwein trinkt schwarzen Wein
und Dracula saugt Blut.
Ich esse Knoblauch, schlürfe Sekt,
der Dracula hat Wut.

Pauli, unser Fruchtvampir, der findet Mango toll.
Doch Dracula will Blut.
So lehnt er Früchte ab, voll Groll,
dem Pauli tun sie gut.

Das Große Mausohr Käfer jagt,
dem Dracula wird schlecht.
Er will ein warmes Blutbankett,
sonst ist ihm gar nichts recht.

Ich bin ganz sicher, denk' ich mir,
mein Blut bekommt er nicht,
wenn weiter ich nach Knoblauch stink'
und führ' ihn hinters Licht.

Matthias Albrecht

Cordula

Es war kurz vor Mitternacht, als ich mich auf den Heimweg machte. Eigentlich wollte ich noch im Hellen aufbrechen, doch die Großeltern bekamen mich nur einmal im Monat zu Gesicht. Da war es kein Wunder, dass sie mich länger als gedacht in Beschlag nahmen. Normalerweise war die Strecke zwischen unseren beiden Dörfern mit dem Rad in dreißig Minuten zu schaffen. Zumindest für einen Neunzehnjährigen wie mich.

Nun jedoch traten sich die Pedale zunehmend schwerer als auf dem Herweg und als ich anhielt, um die Sache zu untersuchen, bestätigte sich mein Verdacht: Ich hatte einen Platten! An eine Reparatur im Dunkeln war nicht zu denken. Zu allem Überfluss begann es zu regnen. Schließlich stürzte eine wahre Sintflut vom Himmel. Es gab hier weit und breit keinen Unterstand. Links Felder und rechts lichter Fichtenwald. Innerhalb einer Minute war ich durchgeweicht. Der Verkehr hielt sich um diese Zeit in Grenzen; nur selten fuhr ein Wagen an mir vorbei. Darunter leider kein Pickup, der in meiner Richtung unterwegs war und mich und mein Rad hätte mitnehmen können.

Am Ende des LKW-Nothalteplatzes zu meiner Rechten stand ein Wohnmobil älteren Typs mit Münchner Kennzeichen. Gerade als ich vorbeiging, erschien eine junge Frau in der Türöffnung. Sie sog an einer Zigarette. Unwillkürlich blieb ich stehen. Unsere Blicke trafen sich gleichzeitig. Sie lächelte mit hochgezogenen Brauen. „Hast wohl oane Panne?"

„Der Hinterreifen ist platt."

Sie blies den Rauch in den Regen. „Bist auf 'm Heimweg?"

„Ja."

„Hast 's noch weit?"

Ich zuckte die Schultern. „Ich denke, so anderthalb Stunden. Ohne Rad ginge es schneller, aber ich will es nicht hier irgendwo zurücklassen."

Sie nickte und schnippte die Zigarettenkippe fort. „Wirst dir 'ne Lungenentzündung einfangen. Was hältst davon, dich erst amol bei mir etwas aufzuwärma und deine Sachen zu trocken?"

„Ich hab aber keine Wechselklamotten dabei."

Sie lachte. „Kannscht dich ja währenddessen in eine Decke wickeln. Also?"

„Wenn ich Ihnen keine Umstände mache?", sagte ich zögernd. „Schmarrn", sagte sie. „Komm rein. Und hör auf, mich zu siezen." Ich stellte mein Rad ab und kletterte in das Wohnmobil. „I hoiß Cordula", sagte sie, schob einen Heizstrahler neben die Tür und spannte eine Leine in Kopfhöhe quer durch den Raum. „Und du?"

„Markus."

„Okay, Markus, dann zieh dich amol aus."

Zögerlich öffnete ich die oberen Hemdknöpfe. Sie bemerkte meinen Blick.

„Koa Angst, i guck dir nix ab. Häng die nassen Sachen über die Leine und wickle dich dann in eine Decke dort auf der Couch." Sie zündete den Propangas-Heizstrahler und drehte mir den Rücken zu, während ich mich entkleidete. Ich erfuhr, dass sie aus Steinhausen bei München stammte, Ende zwanzig und Single war, gerade ihr Medizinstudium beendet hatte und nun mit dem Wohnmobil eine ausgedehnte Tour durch Europa unternahm, bevor – wie sie sich ausdrückte – der Ernst des Berufslebens begann.

Längst saß ich, in eine flauschige Decke gehüllt, auf der schmalen Couch und betrachtete meine vor sich hin dampfende Bekleidung. Cordula hatte Kaffee gekocht. Sie setzte sich mir gegenüber an den Tisch. Ich hatte jetzt Muse, sie mir im Kerzenschein genauer zu betrachten. Konnte man sie auch nicht gerade als besondere Schönheit bezeichnen, so war sie doch ganz hübsch. Glänzendes, dunkles Haar, das schwer auf ihre Schultern floss, große grüne Augen, Sommersprossen, etwas blass um die Nase. Sie war nicht gerade schlank, aber auch keineswegs mollig. Und fast einen Kopf kleiner als ich. „Du bist net sehr gesprächig", stellte sie fest. „Na ja", sagte ich verlegen, schlürfte den heißen Kaffee und suchte krampfhaft nach Worten.

„Scho guad", lächelte sie. „Is manchmol besser, wenn oaner net soviel ratscht." Ihre grünen Augen leuchteten heller als der Kerzenschein. Mir wurde zunehmend warm. Verlegen streckte ich die Hand aus und befühlte meine Sachen. Sie trockneten rasch, doch war das nicht von Bedeutung, denn es regnete noch immer ohne Unterlass. Cordula meinte, dass sie mich unter diesen Umständen unmöglich gehen lassen könne und bot mir an, hier zu übernachten. „Oder wartet darhoim jemand auf di?", fragte sie mit schelmischem Blick. Ich spürte, wie sich die Wärme zur Hitze wandelte und mir das Blut in den Kopf schoss.

„Ich bin all-allein zu Haus. Meine El-Eltern gönnen sich ein Well-Wellness-Wochenende in einem Hotel", stotterte ich. Jetzt musste ich die Kaffeetasse mit zwei Händen zum Mund führen, um nichts zu verschütten.

„Also bleibst doa?"

Ich nickte. „Wenn – wenn es dir keine Umstände …"

Sie unterbrach mich mit einer wegwerfenden Geste und einem Spruch, den ich unmöglich wiedergeben kann. Nicht weil er vielleicht besonders deftig ausfiel – ich habe nur eben kein Wort davon verstanden.

Mit wenigen Handgriffen war der Tisch zusammengeklappt und die Couch in eine Liege verwandelt. Cordula fragte lächelnd, ob ich ein Problem damit hätte, die Couch mit ihr zu teilen. Natürlich hatte ich das nicht. Sie schaltete den Heizstrahler aus und schloss die Tür. Wenig später lagen wir nebeneinander. Unsere Körper berührten sich zwangsläufig; die Couch war im ausgeklappten Zustand gerade einen Meter breit.

Die Kerzen waren erloschen. Tiefe Dunkelheit rings umher. Der Regen prasselte monoton auf das Dach des Wohnmobils. Cordulas Hand lag plötzlich auf meiner rechten Hüfte, glitt langsam abwärts und verharrte auf meinem Oberschenkel. Ich spürte ihren Atem und den zarten, fruchtigen Duft ihres Parfums – und stellte mit gelindem Entsetzen fest, dass sich in der unteren Region meines Körpers eine Veränderung vollzog, die ich nicht verhindern konnte. Wie peinlich, wenn Cordula es bemerkte! Da half nur, sich auf die andere Seite zu drehen, doch ich sollte nicht mehr dazu kommen. Es durchzuckte mich wie ein elektrischer Schlag, als ihre Hand meine empfindlichste Stelle berührte. Ich spürte Cordulas duftendes Haar an meiner Wange und ihre Lippen auf den meinen. Oh, mein Gott! In meinem Hirn jagte ein Gedanke den nächsten. Nicht dass ich nicht schon mal Sex gehabt hätte … „Hey, du – du kratzt mich ja."

„'tschuldigung", keuchte sie. „I kann – kann net anders. Du bist so – so …"

„So was?"

„So – ahhh …"

Sie hielt jetzt meine Handgelenke umklammert und gebärdete sich wie wild. Auf die Art konnte sie mir nicht mehr die Brust zerkratzen. Dafür biss sie mich. In die Schulter, die Oberarme, das Kinn. Ihre Bewegungen wurden fordernder, schneller. Ich hatte keine Chance, mich zu bewegen. Sie keuchte nicht mehr. Sie stöhnte nicht. Sie schrie! Ihre Finger waren Schraubstöcke. Ihre Hüfte eine Dampframme. Kein besonders erotischer Vergleich, aber mir fiel in diesem Moment kein anderer ein. Ehrlich gesagt bis heute nicht. Und dann …

… dann schaltete jemand den Strom in meinem Kopf ab.

Ich erwachte, weil mir die Sonne ins Gesicht schien. Sie stach wie Nadeln in die Augen. Was für ein Traum! Als ich mich aufrichtete, drehte sich alles. Ich atmete mehrmals tief durch. Die Benommenheit wich. Um mich herum das reine Chaos. Alles lag durcheinander. Mein Oberkörper schmerzte. Und meine Handgelenke, mit blauen Flecken übersät, schmerzten ebenso. Im Bruchteil einer Sekunde war die Erinnerung da: Es war kein Traum gewesen!

„Cordula?"

Sie war nicht da. Ich öffnete die Tür und blickte hinaus. Ein Auto fuhr vorbei. Der Beifahrerin – eine ältere Dame – stand der Mund offen. Sie starrte mich an, als sähe sie ein

Gespenst. Dann war der Wagen vorüber, und ich – splitterfasernackt – zog mich ins Innere des Wohnmobils zurück. Ich brauchte weniger als zwei Minuten, mich anzukleiden. In meiner linken Hosentasche steckte ein zusammengefalteter Brief. Ich öffnete ihn. „Für Marcus". Marcus mit C. Egal. Woher sollte sie wissen ...

Lieber Marcus,
  es tut mir leid; ich musste schnell mal fort. Werde erst spät am Abend wieder hier sein. So gegen elf. Bleibe höchstens noch bis Mitternacht, dann muss ich weiter.
  Der Schlüssel zum Wohnmobil liegt in Handschuhfach. Schließ ab, wenn du gehst und wirf ihn durch den Schlitz im Heckfenster. Ich habe noch einen zweiten.
  Leb wohl! Cordula

Ich las den Brief zweimal, um sicherzugehen, nichts übersehen zu haben. Dann schloss ich das Wohnmobil ab, warf den Schlüssel durch den Schlitz im Heckfenster und trabte mit meinem Fahrrad davon. Die Sonne hatte sich hinter Wolken verborgen. Die Schmerzen waren, bis auf ein leichter Ziehen im Brustbereich, verschwunden. Dafür fühlte ich mich schlapp, als hätte ich tagelang kein Auge zugemacht. Am frühen Nachmittag war ich zu Hause.

Unter der Dusche taute ich langsam auf. Während des Abtrocknens sah ich in den Spiegel und erschrak. Mein Oberkörper war völlig zerkratzt.

Bisswunden und blaue Flecke an Schultern, Hals und Oberarmen. Ich sah aus, als hätte ich mich nackt durch eine Dornenhecke gekämpft. So konnte ich mich nirgendwo sehenlassen. Glück im Unglück: Ich musste die nächsten zwei Tage nicht aus dem Haus, und meine Eltern würden mich erst Montag früh zu Gesicht bekommen. Doch schon Minuten später überlegte ich allen Ernstes, abends wieder zum Wohnmobil zurückzukehren. Den hinteren Reifen meines Rads hatte ich gerade in unserer Garage erneuert. Andererseits …

Cordulas Sex war mehr als gewöhnungsbedürftig. Wenn sie ihn wieder in dieser Art praktizierte, käme ich sicherlich nicht so glimpflich davon. Sie zöge mir bei lebendigem Leib die Haut ab. Ich war hin- und hergerissen. Als ich von der Garage über den Hof zum Wohnhaus gehen wollte, prallte ich zurück. Die Sonne brannte unbarmherzig. Ich hielt es keine Sekunde lang ungeschützt aus. Es war, als briete man mich in kochend heißem Öl. Meine Haut war krebsrot. Und auch das Licht schmerzte in den Augen. Ein alter Regenschirm schützte mich, bis ich im Haus war. Mir wurde erst schwindelig, dann schlecht. Ich stürzte ins Badezimmer, erbrach mich. Die Luft schmeckte danach bitter wie das Erbrochene. Meine Hände wusch ich nur oberflächlich. Ich blickte in den Spiegel und erschrak. Das Bild war verschwommen. Mir schwindelte abermals. Ich fiel aufs Bett.

Wirre Träume. Daran erinnerte ich mich, als ich erwachte. Doch nicht an Details. Ich blickte zum Wecker. Schon halb zwölf Uhr abends! Ich hatte eine kleine Ewigkeit geschlafen. Bei zugezogenen Vorhängen. Ich verspürte Hunger. Bleibe höchstens noch bis Mitternacht, dann muss ich weiter. Leb wohl! Cordula Leb wohl. Nicht bis bald oder bis dann oder auf Wiedersehen …

Ich eilte zur Garage, zog das Fahrrad hervor, raste zum Wohnmobil – es war fort! Mit fliegendem Atem starrte ich auf die Stelle, an der es vor kurzem noch gestanden hatte.

Sie war weg. Ich hatte den Zeitpunkt verpasst. Es war meine Schuld. Allein meine Schuld! Nicht die ihre.

Der Hunger ließ meinen Magen verkrampfen. Es schmerzte. Ich hatte höllischen Appetit auf – Leber. Ich mochte sie stets gut durch. Nicht medium. Schon gar nicht blutig. Aber nun …

Wieso gerade Leber? Roh und am Stück. Frisch. Körperwarm. Süßlich duftend. Animalisch. Mein Gott!

Ich trat in die Pedale, als gälte es mein Leben. Kam ins Nachbardorf. Da war noch Licht im Gasthof. Laute Musik drang aus dem Saal. Mein Blick streifte den Parkplatz. Kein Wohnmobil.

Ich stellte das Fahrrad ab und trat in den Saal. Er war verräuchert, die Hälfte der Dorfjugend betrunken. Ich fragte nach Cordula. Beschrieb sie und ihr Wohnmobil. Erntete jedoch nur Kopfschütteln und Schulterzucken. Einer torkelte lallend und mit einem steinernen Grinsen im Gesicht auf mich zu: „Du sieh-iest Schei-eiße aus. Bi-bist du in 'nen Häcksler gera-raten?" Ich würdigte ihn keiner Antwort.

Die hämmernde Techno-Musik schmerzte in den Ohren. Ich rannte hinaus, schnappte mir mein Rad und fuhr zurück. Cordula war fort. Unwiederbringlich. Ich fuhr in Schlangenlinien. Jeder Tritt in die Pedale strengte an. Ich spürte zunehmend, wie meine Kräfte schwanden. Und hatte doch so lange geschlafen. Dieses blöde Hungergefühl … Obgleich kein Mond schien, erkannte ich meine Umgebung wie durch ein Nachtsichtgerät. Das war mir auf dem Herweg gar nicht aufgefallen. So blieb mir nicht verborgen, dass am Waldrand zu meiner Rechten ein Mensch lag. Ich stoppte abrupt. Sah eine zeitlang hin – er rührte sich nicht. Langsam näherte ich mich. Es war eine junge Frau. Nein, nicht Cordula. Die Frau hier war blond, und bei näherer Betrachtung erkannte ich die achtzehnjährige Patricia, die Tochter unserer Nachbarn. Bekannt dafür, des Öfteren mal über die Stränge zu schlagen. So wohl auch heute. Ich legte das Fahrrad ab, beugte mich über sie. Ihre Alkoholfahne war bezeichnend. Sie benebelte meine Sinne.

„Patricia?"

Sie schlug die Augen auf. Erkannte mich an der Stimme. „Markus?"

„Ja. Du bist gestürzt, wie?"

„Ge-gestürzt. Wo ist mein Mo-Moped?"

„Es liegt da drüben im Graben." Ich nickte mit dem Kopf in die Richtung. „Du bist auch verletzt, wie es aussieht."

„Ver-verletzt ..."

„Ja. An Schulter und Hals. Es blutet ziemlich stark."

Sie richtete sich etwas auf. Ich half ihr, bis sie saß.

„Ist es – schlimm?" Es fiel ihr schwer, zu sprechen. Ich stützte ihren Kopf. „Nein, ich denke nicht. Aber die Blutung muss gestillt werden."

„Und – wie?", hauchte sie. „Komm", sagte ich. „Lass mich machen. Ich weiß, wie."

„Wie denn?"

„So!" Ich drückte meine Lippen auf die Wunde am Hals.

„Was-was ma-machst du ...?" Patricia wollte sich mit letzter Kraft meiner Umarmung entziehen, doch ich hielt sie mit festem Griff umklammert; ihr Sträuben wurde schnell schwächer.

„Ein alter Trick", flüsterte ich. „Speichel wirkt blutgerinnend. Wusstet du das nicht? Und wenn man sonst nichts anderes hat ..."

Patricia entspannte sich. Sie war nicht mehr fähig, den Unsinn meiner Worte zu erfassen. Und wehrte sich nicht mehr gegen meine Umklammerung. Der Geschmack des frischen Blutes war dem roher Leber ebenbürtig. Ja besser noch. Viel besser! Mit jedem Schluck spürte ich, wie mein Hunger gestillt wurde. Wie ich zu Kräften kam. Ich leckte nicht mehr – ich saugte! Der Nebel in meinem Hirn wich einer Klarheit, wie ich sie in der Form noch nie empfunden hatte. Der Blutstrom verebbte langsam. Die Wunde schloss sich wohl. Ich registrierte es einerseits enttäuscht, andrerseits erfreut.

„Patricia?" Langsam löste ich mich von ihr, leckte mir ein paar Tröpfchen ihres Lebenssafts von den Lippen. „Wie geht es dir?"

Sie lag ruhig da, hielt die Augen geschlossen, lächelte müde. Blass. Sehr blass war sie.

„Komm, Kleines", sagte ich. „Wir müssen weg hier. Du darfst nicht hier liegen bleiben. Du holst dir den Tod. Der Tau ist kalt. Und die Nacht lang."

Ich wollte ihr aufhelfen, doch sie machte keine Anstalten, mich dabei zu unterstützen.

„Patricia!"

Wie weckt man jemanden auf, der in Ohnmacht gefallen ist? Durch Schläge? Was, wenn sie nun gar nicht ohnmächtig war. Was, wenn sie stattdessen …

Ich sprang auf. Das Frösteln der Erkenntnis durchlief mich. Oh mein Gott!

Keine Ahnung, wie lange ich auf ihre kleine Leiche gestarrt habe, bis ich zu mir fand. Wenn jetzt jemand vorbei kam und mich beobachtete – wie sollte ich die Situation erklären? Ein Gedanke jagte den anderen. Keiner war verwertbar. Es war mir zum Heulen zumute, als ich ihren leblosen Körper tiefer in den Wald zog und notdürftig mit Laub und Moos bedeckte. Auch das Moped. Dann schnappte ich mein Fahrrad und raste die Straße entlang.

Gegen zwei Uhr war ich zu Hause. Fühlte keine Müdigkeit, keine Schwäche mehr. Nur eine große Leere. Ich wanderte im Zimmer auf und ab. Wie lange würde es dauern, bis man sie fand und mir auf die Schliche kam? Ich hatte Fingerabdrücke hinterlassen und sicher auch jede Menge DNA-Spuren. Ein freiwilliger Speicheltest würde mich als Täter entlarven. Und eine Verweigerung, mich verdächtig machen. Aber – was konnte man mir eigentlich anhaben? Ich wollte ja nur helfen. Dass ich die Blutung nicht zu stoppen vermochte, war doch nicht meine Schuld! Unfug! Ich hätte sofort Hilfe holen müssen. Stattdessen hatte ich sie in den Wald geschleift. Na und? Die Nerven verloren! Als ich sie da liegen sah. Dachte, man würde mich damit in Verbindung bringen. Hatte sie ja angefasst. Und die Speichelspuren? Von – von der Mund-zu-Mund-Beatmung, klar doch. Musste es ja versuchen. Hatte mich über sie gebeugt und auch Herzmassage probiert – und da sind eben ein paar Tröpfchen danebengegangen. Auf ihren Hals und auf … Und dann kriegte ich Panik, Herr Kommissar. Ich meine, ich konnte ja eh nichts mehr für sie tun, nicht wahr?

   Nichts von alldem würde man mir glauben. Ich musste verschwinden, bevor die Sonne aufging und mir die Haut vom Körper schmolz. Musste untertauchen. Mich in Sicherheit bringen. Im Dunkel der Nacht …

Man fand das Moped Tage später. Aber keine Leiche. Wie auch – Patricia ist ja nun eine von uns. Ich habe mich inzwischen an mein neues Leben gewöhnt. Na ja, was man Leben nennt. Immer auf der Jagd nach dem nächsten Drink. Nach der nächsten Gelegenheit im Schutz der Nacht. Und stets auf der Hut sein, damit die einem nicht auf die Schliche kommen. Oder gar den Schlafplatz finden und mit einem Holzpflock … In vier Stunden wird es hell, und ich habe heute noch nichts zu mir genommen. Ich denke, ich werde gleich mal die Großeltern besuchen. Habe es lange hinausgeschoben. Man wildert schließlich nicht im eigenen Revier. Aber warum eigentlich nicht? Es ist doch nicht schlimm. Und außerdem – es bleibt ja in der Familie …

Iris Fritzsche

Seltsame Tour

Fasching – einer der jährlichen Höhepunkte im Schichtplan jedes Taxifahrers. Auch ich bin wieder mit im Rennen um Fahrgäste und damit um Einnahmen für den Chef. Gut, auch das Trinkgeld ist nicht zu verachten.

Hauptstandplatz ist, wie jedes Jahr, der Lindenhof in Wittichenau. Außer mir sind noch die Geier von den anderen Firmen am Start und lauern ebenso auf Fahrgäste. Da heißt es also, wie zu alten Zeiten – immer schön hinten anstellen und warten bis man dran ist. Zur Überbrückung der Wartezeit lese ich in meinem eBook-Reader.

Endlich bin ich auf Poolposition!

Die Tür wird unsanft aufgerissen. Beinahe befürchte ich, ohne Selbige starten zu müssen! Während ich schnell meinen Lesestoff verschwinden lasse, erscheint ein Fledermauskostümierter in meinem Blickfeld.

„Können Sie uns nach Bergen-Ausbau fahren?", säuselt eine scheinbar alkoholisierte Stimme.

Ich nicke zustimmend. Und schwupp sitzen drei Fledermäuse im Fahrzeug.

Schöne Tour, denke ich so bei mir, schalte das Taxameter ein und starte.

Unterwegs ist es recht still im Auto. Vermutlich sind meine Fahrgäste in Morpheus-Reich. Was soll's! Es ist dunkel und ich muss mich sowieso auf die Straße konzentrieren.

Ist eine wildreiche Gegend, der Bereich um Wittichenau. Außerdem hat es begonnen, zu regnen. Der Scheibenwischer ist voll im Einsatz. Ab und an höre ich ein leises Schmatzen hinter mir. Vielleicht knutschen die hinten? Egal! Zum Gucken habe ich keine Zeit.

Inzwischen ist die Hälfte der Strecke geschafft. Ich bin etwa in Höhe Kreisverkehr am Ortsausgang von Hoyerswerda. Hinten raschelt es.

Mein Beifahrer wendet sich kurz um. „Jetzt nicht!", höre ich einen kurzen Befehl.

Keine Ahnung, was damit gemeint ist! Bergen ist erreicht, als ich einen kalten Hauch im Nacken spüre. Eine Hand kratzt an der Rückenlehne.

„Nein!", bellt mein Beifahrer. Dieses Mal noch energischer.

Allmählich wird mir die Sache unheimlich. Bis Ausbau müssen wir noch ein Stück durch den Wald.

Endlich – die Häuser von Ausbau tauchen als dunkle Silhouetten auf. Die Straßenlaternen sind natürlich zwecks Stromsparen nur auf Minimum. Am letzten Haus bedeutet mir mein Nebenmann, dass ich anhalten soll. Innerlich atme ich tief durch.

Gibt es jetzt noch eine böse Überraschung? Ich drücke das Taxameter in die Kassenstellung und greife nach dem Dienst-Portmonee.

Währenddessen sind die beiden von der Rückbank schon ausgestiegen. *Hoffentlich haut mir der vorn nicht ab*, denke ich gerade. Laut aber nenne ich den Fahrpreis, den ich vom Taxameter ablese.

Ein Fünfzig-Euro-Schein wird herüber gereicht. Mit den Worten „Stimmt so", verschwindet auch der Dritte.

Das sind mehr als zehn Euro Trinkgeld! Verblüfft stecke ich das Geld ein.

Zum Abschluss will ich mich noch für die Großzügigkeit bedanken. Doch von meinen Fahrgästen ist weit und breit nichts mehr zu sehen.

Michael Gimmel

Yokai

Kein Ausweg

Wolken sind etwas Herrliches, dichte flauschige Kumuluswolken. Aber nichts gleicht dem Anblick der Wolken, wenn man auf sie hinabschaut! Oberhalb der Wolken ist immer Sonne, sie strahlen in kaum zu ahnenden Schattierungen von Weiß im ewigen Licht der Sonne, ungeachtet des dramatischen Geschehens an ihrer Unterseite. Mag Regen aus ihnen herabströmen, Hagel, heftige Gewitter. Von oben nahm man die Dramatik nicht wahr, die sich darunter abspielte.

Noch beim Start war ich voller Anspannung, ganz und gar unruhig, ob nicht in letzter Sekunde noch etwas Schlimmes, Unerwartetes eintreten würde, was mir mitleidige Blicke der Stewardess einbrachte, als sie mir ein Erfrischungstuch reichte.

„Kibun ga yoku narimashita ka?", fragte sie. Als ich sie verständnislos anblickte, wiederholte sie ihre Frage: „Are you feeling better now?"

Ihr Englisch war routiniert aber mit einer gewöhnungsbedürftigen Intonation.

Ich brauchte einen Moment, dann antwortete ich: „Oh, yes, thank you very much" und schob nach kurzem Überlegen ein „Hai. Arigatô" hinterher.

Sie hatte meine angespannte Miene beim Start missverstanden. Es ist nicht das erste Mal, dass ich fliege und ich leide weder unter Flugangst noch Klaustrophobie, noch irgendwelchen anderen Ängsten, die sie sich vielleicht vorstellte. Ich hatte eine einzige Angst, die Angst, dass sich die Ereignisse aus meinem letzten Urlaub und der Tage danach wiederholen könnten.

Vor vier Tagen hatte ich meinen Bekannten wiedergetroffen, der mir die Karpaten so sehr ans Herz gelegt hatte. Wie er mir erklärte, hatte er schon lange eine große Reise geplant und sich intensiv darauf vorbereitet. Jetzt hatte er persönliche Probleme und konnte er unmöglich fliegen. Er suchte Hände ringend jemanden, der ihm seine Reise abkaufte, um zumindest nicht alles einzubüßen. Ich bekam sie zum halben Preis.

Das war meine Rettung. Es war die Gelegenheit, eine unendliche Entfernung zwischen mich und mei-ne Peiniger zu bringen, die mich immer noch gelegentlich heimsuchten. Nicht einmal ich war auf die Idee gekommen, nach Japan zu flüchten, wie sollten das dann meine Verfolger erahnen?

Und nun saß ich im Flugzeug nach Japan. Mein Bekannter hatte sich von einem renommierten Reiseunternehmen für viel Geld eine individuelle Tour durch die Japanischen Alpen zusammenstellen lassen. Als passionierter Bergsteiger und Bergwanderer war das sein Traum gewesen.

Die Tour barg einige Herausforderungen in sich. Aber ich sagte mir, ich kann ja zur Not abbrechen und wenn es mir irgendwo gefällt, bleibe ich einfach ein paar Tage länger dort, anstatt mich den Berg hoch zu quälen.

Eine Hürde gab es allerdings. Ich konnte – ebenso wie mein Bekannter – kein Wort Japanisch. Als mir das klar wurde und ich ihn fragte, wie er denn ohne Sprachkenntnisse so eine Reise hätte überstehen wollen, bei der er teilweise ganz allein unterwegs gewesen wäre, zeigte er mir ein Gerät, das einem der ersten Smartphones glich. Silbern, etwas breiter und dicker als ein Smartphone, aber auch mit einem Display und einigen wenigen Tasten.

Es war ein Universalübersetzter. Ein japanisches (wie könnte es anders sein) Supergerät. Man musste seine Sätze freilich einfach halten, sonst zeigte das Display auf Deutsch den Text „Missverständlich. Bitte formulieren Sie einfacher." Ein paar Wörter lernte ich aber auch so recht schnell. „Hai" und „arigatô" brauchte man ständig und ich hatte sie als erstes erfolgreich an meiner Stewardess ausprobiert.

Noch eine Hürde gab es: die Schrift. Immerzu stand ich vor Schildern oder Hinweistafeln mit diesen japanischen Schriftzeichen. Doch ich hatte einen Trick entwickelt. Ich hatte mir zwei Sätze fest eingeprägt: „Tasukete kudasai" und „Anata wa watashi ni kore o yomu koto ga dekimasu ka?". Das Erste hieß: „Helfen Sie mir bitte" und wurde immer mit einer höflichen Verbeugung und einem „Hai" erwidert. Das Zweite hieß: „Können Sie mir das vorlesen?" Wenn derjenige sich anschickte, meiner Bitte nachzukommen, schaltete ich mein Wundergerät schnell auf Aufnahme und ließ ihn da hinein sprechen.

Die eigentliche Reise begann nach meiner Ankunft auf dem Flughafen Kansai. In Osaka erwartete mich der erste gebuchte Guide und brachte mich direkt auf den Berg Kôyasan. Dort übernachtete ich in einem Kloster und bekam gar seltsame Speisen vorgesetzt.

Tausenderlei eingelegte Gemüse, viel Tofu, kein Fleisch und alles recht würzig aber salzlos. Die Mönche hielten Salz für dekadent und puren Luxus, erfuhr ich. So also sah das „einfache" Leben in Japan aus. Sehr gewöhnungsbedürftig.

Aber ich schlief wunderbar in einem mit Tatami ausgelegten Zimmer auf einem Futon, der direkt auf dem Boden lag. Es war überhaupt nicht hart und das erste Mal hatte ich keinerlei Albträume, ja gar keine Träume. Wunderbar erfrischt erwachte ich am nächsten Morgen und wurde gefragt, ob ich an der Morgenandacht teilnehmen wolle.

Aus Höflichkeit und wegen der mir entgegengebrachten Freundlichkeit sagte ich zu. Zuerst setzte ich mich wie die anderen auf meine Fersen. Das nannte sich „seiza". Doch bald wurde es so anstrengend, dass ich unruhig hin und her rutschte.

„Ashi o kunde mo daijôbu desu", raunte mir ein neben mir sitzender junger Mönch wohlwollend zu.

Mithilfe meines Wundergerätes verstand ich, was er wollte.

„Hai, agura o kumimashite", nickte er, als ich die Beine zum Schneidersitz kreuzte.

Vor dem inneren Heiligtum saß einer der Mönche und las in endlosem Singsang Sutren vor. Das ging eine ganze Stunde lang so. Ich konnte den Inhalt nicht erfassen, aber es hatte eine wundersam beruhigende Wirkung auf mich.

Danach wanderte ich den ganzen Tag auf dem Kôyasan umher. Am Nachmittag lud mich ein älterer Mönch zu einem Tee ein. Es war der Abt des Klosters.

Er erkundigte sich so geduldig und verständnisvoll nach dem Grund der Reise und warum ich gerade in seinem Kloster übernachtet hätte, dass ich nicht umhinkonnte, ihm von meinen schrecklichen Erlebnissen auf der Burg Poenari und den Umständen meiner Flucht zu erzählen.

Er machte ein erschrockenes Gesicht, wiegte den Kopf hin und her und murmelte ein ums andere Mal „warui … warui … hidoi desu ne!" Er glaubte mir alles. Das tat gut. Dann stand er auf und kehrte kurz darauf mit einem kleinen bunt bestickten Säckchen an einer Kordel zurück und hängte es mir um den Hals. „O-Mamori", sagte er gewichtig. „Sono wa umaku ikeba akuryô kara anata o mamorimasu."

Und das Gerät übersetzte: „Ein Talisman, er wird Sie hoffentlich vor den bösen Geistern beschützen."

Gerührt bedankte ich mich bei ihm. Dann holte mich mein Guide ab, brachte mich nach Kyoto, wo ich die Nacht in einem normalen Hotel verbrachte.

Am nächsten Morgen setzte er mich in einen Überlandbus, nicht ohne mir zu versichern, am Zielort würde mir der Fahrer Bescheid sagen und jemand würde mich abholen.

Nach viereinhalb Stunden hatte ich Matsumoto erreicht. Der Fahrer kam zu mir, bedeutete mir, auszusteigen, und tatsächlich stand da ein Mann mit einem Pappschild, auf dem der Name meines Bekannten stand. Dem musste ich erst einmal erklären, dass ich nicht der Erwartete und doch der Richtige war.

Etwas unsicher ließ er mich in sein Auto steigen und brachte mich in eine Berghütte, ein Sansô, im Kamikochi-Tal. Die nächsten zwei Nächte schlief ich selig auf meinem Futon, erkundete das Tal und den japanischen Bergwald. Auch hier hatte mein Bekannter einen Bergführer angeheuert und der erschien am vierten Tag. Er hatte schneller Verständnis für den Personalwechsel, ihm war es im Grunde egal, wen er auf die Berge führte. Sein Geld hatte er bereits mit der Buchung der Reise erhalten und wollte nun unbedingt auch etwas dafür tun, auch wenn ich nicht der routinierte Bergsteiger war, den er erwartet hatte.

Also stapften wir los zum Hotakadake. Das sei der dritthöchste Berg Japans, sagte mein Bergführer, fast 3200 Meter hoch. Er wolle aber erst einmal meine Kondition testen und mit mir nur einen Nebengipfel, den Myôjindake, ersteigen, der sei 300 Meter niedriger. Es hatte früher einen Höhenweg auf den Gipfel gegeben, aber der war stellenweise nicht mehr benutzbar.

Wegweiser waren verwittert oder verloren gegangen und die damals an schwierigen Stellen angebrachten Stufen und Ketten mittlerweile verrostet und nicht mehr zu gebrauchen. Ich geriet gewaltig ins Schwitzen. Gott sei Dank hatte ich meinen Bergführer.

Oben angekommen gestand ich ihm, dass ich erst vor Kurzem eine schwere Lungenentzündung überstanden hätte und deshalb etwas Schonung bräuchte. Dabei griff ich unwillkürlich nach dem O-Mamori, den mir der Abt des Tempels auf dem Kôyasan gegeben hatte. Er war nicht mehr da! Ich musste ihn an einer der schwierigen Stellen am Myôjindake verloren haben ...

Tatsächlich merkte ich nach dem Abstieg, wie erschöpft ich wirklich war. Meinem Bergführer kam die erbetene Pause gerade recht und nach einem erholsamen Tag im Onsen holte er mich am übernächsten Tag zu einer leichteren Tour auf den Yakidake ab. Das waren nur 2450 Meter und es gab einen trittsicheren Bergpfad da hinauf.

Diese Strecke bewältigte ich wesentlich besser. Doch als wir oben angekommen waren, hatte sich der Himmel zugezogen und direkt unter unseren Füßen hatte sich eine dichte Wolkendecke ausgebreitet. Immerhin war die Luft über den Wolken recht klar und mein Bergführer wies in die Richtung, aus der wir gekommen waren. Dort ragten nicht allzu weit entfernt ein paar Gipfel aus den Wolken hervor.

Er zeigte auf eine gold-gelb leuchtende Bergspitze. Dort oben seien wir gewesen. Auch in entgegengesetzter Richtung ragten zwei Bergspitzen aus den Wolken empor. Die erste sei der Mount Norikure, der letzte Ausläufer des Hida-Gebirges. Dann wurde seine Stimme eindringlich, fast ehrfürchtig, als er sagte, gleich daneben, aber doppelt so weit entfernt, sähe ich den Ontakesan. Er vermeinte sogar, eine Dampfwolke über dem Ontakesan wahrzunehmen.

Beim Abstieg kamen wir an einem kleinen See vorbei, der in einer Senke direkt neben dem Gipfel lag. Da schwante mir etwas und ich fragte meinen Begleiter. Ja, das war eine Kratersenke, der ehemalige Schlotausgang, denn auch der

Yakidake sei ein Vulkan. Das erklärte auch den Namen. „Yaki" ist auf Japanisch der Braten oder etwas Gebratenes, was mir von vielen leckeren Speisen bekannt war. Yakidake hieß also etwa „Brat-Gipfel". Ein wenig beruhigender Aufenthaltsort.

Doch mein Begleiter beschwichtigte mich. Im Augenblick sei der Yakidake ungefährlich, sonst hätten die Behörden die Region längst gesperrt. Seit 2014 bei einem unvorhergesehenen, heftigen Ausbruch des Ontakesan über 40 Touristen ums Leben gekommen seien, würde man die Sicherheit an den Vulkanen sehr ernst nehmen.

Nun verstand ich auch den seltsamen Tonfall, als er zuvor vom Ontakesan gesprochen hatte. Wie zum Beweis führte er mich abseits vom Pfad um eine Felsenkante herum und nur wenige Meter unter dem Gipfel stiegen aus einer Gesteins- und Schuttmulde unentwegt Dampfwolken auf. Ich konnte an einer Stelle sogar die Austrittsöffnung sehen, um die herum sich weißliche und gelbe Kristalle abgelagert hatten. Salpeter und Schwefel. Eine Solfatare.

Als eine Windböe die Dampfwolken unvermittelt in unsere Richtung drehte, ergoss sich ein infernalischer Gestank über mich. Der Bergführer hatte rechtzeitig sein Halstuch über Mund und Nase gezogen und trat zu mir, um mich auch dazu zu veranlassen. Aber so gut war mein

Japanisch nicht, dass ich ohne meine Wundermaschine seine Zurufe sofort verstand.

Ich begriff erst, was er wollte, als mir nach dem Einatmen einer gehörigen Dosis dieser übelriechenden Dämpfe die Luft ausging. Ich musste husten, mein Kopf war wie Watte und die Beine versagten den Dienst. Ich musste mich setzen.

Doch der Bergführer, sichtlich erschrocken, zerrte mich um die Felskante zurück. Gott sei Dank umwehte ein permanenter Wind den Gipfel, der mich ausreichend mit frischer Luft versorgte. Langsam kam ich wieder zu mir.

Hatte ich soeben in den Höllenschwaden tatsächlich den Umriss einer Gestalt gesehen? Einer Gestalt in sackleinenen Fetzen?

Als ich wieder bei Kräften war, stiegen wir, so schnell es meine Kondition zuließ, ins Tal ab. Ich war sehr still und auch mein Führer sprach nur noch, wenn er mich auf schwierige Stellen aufmerksam machen wollte. Deren gab es nicht viele. Zurück in meiner Unterkunft nahm ich erst einmal ein Bad im Onsen. Ich hatte das Gefühl, die Dampfschwaden aus der Solfatare klebten mir immer noch am Körper. Die mussten abgespült werden. Auch danach wurde ich den Schwefelgeruch in der Nase nicht los.

Diese Nacht schlief ich nicht gut. Zwar erinnerte ich mich am Morgen an nichts, fühlte mich aber wie gerädert. Ich schob das auf die

Höllengase, von denen ich wohl – unfreiwillig – eine Prise zu viel genommen hatte.

Die Frau des Hauses war eine Augenweide, die immer in traditioneller Kleidung das Frühstück servierte, so mit Kimono und Obi und Geta-Sandalen, deren Klappern man noch lange hörte, wenn sie den Raum schon wieder verlassen hatte. Die Wirtsfrau also, hatte durch meinen Bergführer von meinem Missgeschick erfahren, als er mich etwas verlegen ob seiner mangelnden Vorsicht wieder zurück in das Sansô gebracht hatte.

Ich erhielt von ihr speziell zubereitetes Essen, das ich mit keiner mir bekannten Gemüseart oder Geschmacksrichtung identifizieren konnte. Das sei gegen die giftigen Dämpfe. Als ich nach kurzem Spaziergang an der frischen Luft immer noch benommen war und auf meinem Zimmer ausruhen wollte, richtete sie mir schon am frühen Nachmittag den Futon her, deckte mich eigenhändig zu, bevor sie mit mitleidigem Blick die Shoji, die Schiebetüren, zu meinem Zimmer zuzog.

Es dauerte nicht lange, da hörte ich ein Geräusch vor meinem Zimmer und die Stimme der Wirtsfrau. Als ich antwortete, schob sich die Tür ein kleines Stück auf und ihr herzerwärmendes Lächeln zeigte sich im Türspalt. Ob ich gern einen Tee trinken wollte, sie hätte extra einen für mich zubereitet. Das sei gute Medizin.

„Hai, dôzo", antwortete ich. „Ja, bitte."

Sie trat ein und obwohl sie etwa in meinem Alter sein musste, wirkte sie mit ihrer schlanken zierlichen Gestalt viel jünger. Neben meinem Futon kniete sie nieder, formvollendet und mühelos im Seiza-Fersensitz, und setze das Tablett ab, auf dem sich eine schwarze, gusseiserene Kanne und eine blaugraue, innen weiße Keramikschale befanden – chagame und chawan.

Während sie den Tee eingoss, zwitscherte sie irgendwelche Sätze in ihrer Sprache, die ich nicht verstand. Ich musste erst mein Übersetzungsgerät hervorkramen. Angesichts meiner Erfahrung bei der Morgenandacht auf dem Kôyasan bewunderte ich sie dafür, es so lange in dieser Position und dabei mit dieser anmutigen Körperhaltung auszuhalten.

Sie holte eine kleine schwarz lackierte Dose aus ihrem Obi hervor, auf die irgendwelche grüngelben Blätter oder Gräser aufgemalt waren, öffnete sie und fragte mich: „Mô ii desu ka".

Das kannte ich mittlerweile auch ohne Übersetzer: „Darf ich?"

Ich nickte stumm und sie rieb mir eine wohlriechende Salbe auf die Stirn, hinter die Ohren und unter die Nase. Nun half mir doch der Übersetzer, als sie mir erklärte, das solle die üblen Gerüche vertreiben und die bösen Geister fernhalten. An den verbreiteten Aberglauben hatte ich mich inzwischen schon gewöhnt. Er kam mir völlig normal vor und gehörte zu der Landschaft wie die Bäume, der Fluss und die Berge. Das war Shintô.

Alles war beseelt und belebt und die Geister waren den Menschen manchmal wohlgesonnen und manchmal nicht.

Bevor sie ging, befestigte sie noch ein kurzes, dickes, geflochtenes Hanfseil oberhalb meines Fensters, an dem lauter zickzackförmig geschnittene Papierstreifen hingen. „Shimenawa" sagte sie. „Festes Seil" übertrug die Maschine, aber das war wohl eine misslungene Übersetzung. Es musste eine darüber hinaus gehende Bedeutung haben. Immerhin stand im Display nicht: „Formulieren sie einfacher!". Ich ließ sie gewähren und sank in einen unruhigen Schlaf.

Ich erwachte, als es zu dämmern begann. Im Halbdunkel hatte sich etwas hinter der papierbespannten Schiebetür bewegt. Ein Schatten. Die Silhouette einer Frau im Kimono und Obi. Meine Wirtin?

Ich hörte jedoch nicht das leiseste Geräusch. Die Bewegung des Schattens war fließend, ja schwebend. Vielleicht wollte sie es vermeiden, meinen Schlaf zu stören? Unruhig wurde ich allerdings, als die Gestalt nach wenigen Augenblicken zurückkehrte, vor der Tür Halt machte und sich zu ihr umdrehte. Ich sah es an der Änderung der Silhouette. Oder sie drehte ihr genau den Rücken zu, aber gegenüber der Tür war nur eine blanke Wand, das ergäbe keinen Sinn. Dann schwebte sie davon. Das Ganze wiederholte sich zweimal.

Inzwischen war ich hellwach. Mein Herz klopfte. Ich hatte mir für den Flug nach Japan, noch in Frankfurt in der Flughafenbuchhandlung, eine Reiselektüre besorgt. Als ich den Verkäufer nach einer unterhaltsamen Lektüre über mein Reiseziel, fragte, aber keinen Reiseführer, sondern etwas Einfaches wie Kurzgeschichten oder Erzählungen wünschte, bot er mir eine Taschenbuchausgabe von Lafcadio Hearns „Kwaidan" an. Etwas anderes in dieser Richtung hätte er gerade nicht da.

Ich hatte es einfach genommen, ohne es mir genauer anzusehen. Erst als ich im Flieger saß und es aufschlug, las ich den Untertitel „Seltsame Geschichten und Studien aus Japan". Letzten Endes handelte es sich um Geister- und Spukgeschichten. Angesichts der Ursache meiner Flucht, schien das nicht die passende Lektüre, aber tapfer blätterte ich darin herum und las einige der Geschichten. Nach meiner Ankunft hatte ich es nicht wieder angefasst.

Jetzt erinnerte ich mich, von der Kage Onna gelesen zu haben, der Schattenfrau, die eigentlich nur in verlassenen Häusern erschien, aber abgesehen von der beunruhigenden Tatsache, dass der Schatten von keiner Person oder keinem Gegenstand herzurühren schien, eher harmlos war.

Sicher hatte der Wind irgendeinen Baum vor dem Fenster an der Stirnseite des Ganges vor meinem Zimmer bewegt und dieses absonderliche Schattenspiel erzeugt …

Ich musste an meine Wirtin denken, ihre zierliche Gestalt. Ihre Fürsorge hatte mir so gut getan. Ein unpassendes Verlangen regte sich, das ich schnell wieder unterdrückte.

Im letzten Licht des scheidenden Tages bemerkte ich, dass die Schiebetür schon etwas mitgenommen war. Die Papierbespannung wies hier und da kleine Beschädigungen auf, kleine Löcher, die ich bei Tag nicht bemerkt hatte, durch die aber jetzt in der beginnenden Dunkelheit einzelne Lichtstrahlen fielen, deren Weg durch winzige flirrende Staubkörnchen in meinem Zimmer nachgezeichnet wurde. Wie ausgestreckte Finger, die nach mir zu greifen versuchten.

Ich fröstelte und zog die Bettdecke höher. Es half nichts, mir war kalt und ich zitterte, wie damals im Kellerloch von Poenari.

Nein, es waren gar keine Finger. Es waren hunderte kleine Augen, die selbst das Licht ausstrahlten und mich beobachteten. Tsukumogami sind eine spezielle Art von Yokai, den japanischen Geistern, die eng mit dem Shintoismus verbunden sind. Sie sind normale Alltagsgegenstände, die vernachlässigt wurden und sich so in Kami verwandelten und magische Fähigkeiten erlangten. Meist sind sie harmlos, wie die Augen in den Shoji-Schiebetüren. Mokumokuren, „viele Augengefährten", hieß diese Erscheinung.

Ich war dennoch beunruhigt. Da war noch etwas anderes. Irgendetwas bewegte sich im Zimmer. Dunkle, haarige, kleine Wesen, so groß wie Meerschweinchen, die aber aus nichts als langen schmuddeligen Haaren zu bestehen schienen, krochen aus den Ritzen zwischen den Tatami hervor, wuselten um mein Bett herum und verschwanden im Dunkel der Zimmerecken. Einige krochen gar über die Bettdecke. Kehake araware, „haarige Erschei-nungen" …

Die Lektüre von Lafcadio Hearns „Kwaidan" hatte mich scheinbar zum Experten des japanischen Spiritismus gemacht.

Ich hatte genug, zog die Bettdecke über den Kopf und versuchte, das alles zu ignorieren. Es half. Doch bald wurde mir der Sauerstoff knapp und instinktiv lüftete ich meinen Schutzschirm.

Ein schwaches blaues Leuchten erfüllte das Zimmer, wie von einem Nachtlicht. Es kam von oben. Die Lampe, die sonst immer gelbliches Glühlampenlicht abgab, hatte sich in eine blaue Laterne verwandelt und verströmte dieses unwirkliche Licht. Davon hatte ich auch bei Lafcadio Hearn gelesen.

Ao Andon, die blaue Laterne, war auch ein Yokai, ein Geist, der den Schrecken und die Ängste einer größeren Menschengruppe in sich versammelte und auf eine bestimmte Person fokussierte. Waren das die Touristen, die am Ontakesan bei der letzten Naturkatastrophe umgekommen waren?

Wenn es nach Lafcadio Hearn ging, so sollte sich die Laterne eigentlich in eine Frau mit langen schwarzen Haaren, schwarzen Zähnen, blauer Haut und scharfen Klauen und Hörnern verwandeln. Doch die Laterne blieb einfach eine Laterne, auch wenn es sich nicht mehr um die ursprüngliche Lampe handelte.

Stattdessen bemerkte ich eine Gestalt, die rittlings auf meiner Bettdecke hockte. Einen Moment lang glaubte ich, es sei meine Wirtin.

Sie flüsterte „Warawa, kirei?"

Das verstand ich auch ohne meine Maschine. „Warawa" hieß „Ich", aber nur Frauen sagten das. „Kirei" hieß einfach „schön".

Wie in Trance nickte ich.

Daraufhin griff sie sich an die Stirn und zog sich die Haut vom Gesicht. Entsetzt starrte ich auf die blutige Maske, aus der mich ausdruckslose Augen unverwandt anstarrten. Sie warf den Kopf zurück und lachte schrill. Als sie sich wieder zu mir beugte, stellte ich fest, dass ihre Gestalt doch größer war, als die meiner Wirtin. Ich spürte ihr Gewicht auf meinem Schoß. Bei der Art, wie sie auf mir saß, hatte sich ihr Haar gelöst und hing in langen Strähnen herab, ihr Kimono hatte sich vorn auseinandergezogen und straff über ihre Schenkel-gespannt. Gebannt blickte ich auf diese Stelle, nahm aber nur ihre Umrisse wahr.

Dort, wo sich ihr Gesicht befinden musste, sah ich nun lediglich einen verschwommenen weißen Fleck ohne jegliche Strukturen. Einzig ein breiter Riss zog sich wie ein grotesker, lippenloser Mund quer von einem Ende zum anderen darüber hin. Etwas tropfte dickflüssig daraus hervor.

Erst als diese Tropfen auf meiner Bettdecke auftrafen, konnte ich ihre Farbe wahrnehmen. Dunkles Rot wie zerquetschte Brombeeren oder der Saft Schwarzer Johannisbeeren, nur dicker. Sie stützte sich mit beiden Händen auf meine Oberarme, sodass ich mich nicht einmal aufrichten konnte. Ich war kaum im Stande, den Kopf zu heben. Kanashibari – Schlaflähmung.

Jetzt beugte sie sich zu mir herab und hauchte mir mit unerwartet tiefer, rauchiger Stimme etwas ins Ohr. Ich verstand es nicht. Der Geistersprache war auch mein Wunderübersetzer nicht mächtig. Gleich darauf verspürte ich einen heftigen Schmerz über dem linken Schlüsselbein. Das brachte mich zur Besinnung.

Ich schlug um mich, strampelte mit den Beinen und stieß einen lauten Schrei aus. Kurz darauf flackerte rötliches Licht auf dem Gang vor meinem Zimmer. Ohne Vorwarnung wurden die Shoji aufgerissen. Schon erwartete ich, dass Fürst Vlad III. durch die Tür trat, doch es war nur meine Wirtin, diesmal in Begleitung ihres Mannes.

Beide nur flüchtig mit einem Hauskleid bekleidet, das mir inzwischen als Yukata vertraut war. Eine Art dünner Kimono aus Baumwolle. Beide hielten Taschenlampen in der Hand. Ich saß kerzengerade auf meinem Futon und im Licht der Taschenlampe, die direkt auf mein Gesicht gerichtet war, mussten meine schreckgeweiteten Augen wie riesige Brunnenlöcher ausgesehen haben.

Der Mann leuchtete alle Ecken des Zimmers ab und schien nichts Ungewöhnliches festzustellen. Er entspannte sich wieder und sagte etwas zu seiner Frau. Die winkte ihm beschwichtigend zu und er verschwand. Inzwischen hatte die Wirtin sich neben mich gekniet und mir die Hand auf die Stirn gelegt. Selbst in meinem Zustand fiel mir auf, wie kühl die war. Ich hatte wohl hohes Fieber.

Das hinderte mich nicht, ihren Anblick mit der soeben verschwundenen Erscheinung zu vergleichen. Sie war ganz offensichtlich ein Mensch aus Fleisch und Blut. Ich konnte die Einzelheiten ihres Gesichts genau erkennen, die freundlichen und besorgten Augen, die kurze Nase, ihren lächelnden Mund, den Hals ... Auch die Farben des Yukata waren erkennbar, wenn auch nur gedämpft im reflektierten Licht der Taschenlampe, die sie auf den Boden gelegt hatte.

Ein Yukata ist viel dünner als ein Kimono. Ich nahm nicht nur die Umrisse, sondern alle ihre Körperformen deutlich unter dem dünnen Kleidungsstück wahr. In meinem Kopf kramte ich nach dem richtigen japanischen Wort.

„Kamareta", stieß ich schließlich hervor, zeigte auf die Stelle über meinem Schlüsselbein und machte mit dem Mund beißende Bewegungen. „Wurde gebissen", echote im Hintergrund meine Wundermaschine. Wieso die plötzlich reagierte, war mir schleierhaft.

Die Miene meiner Wirtin wechselte vom Nichtverstehen zum Erschrecken und sie zog die Bettdecke beiseite. Doch dann lächelte sie und schüttelte den Kopf. „Iie, arimasen." „Da ist nichts."

Als ich weiter darauf bestand und nicht mit meinem „kamareta" aufhörte, hielt sie mir beruhigend den Mund zu und drückte sanft ihre Lippen auf die Stelle, auf die ich unentwegt zeigte. Ihr Hals, dicht neben meinem Gesicht, verströmte den sommerlichen Duft von Gräsern am Ufer eines Flusses. Mein Blick wandert an ihrem Körper entlang zu ihrem Schoß, ihren Schenkeln, den Fersen die, diesmal nicht in den weißen Zehensocken, den Tabi steckten, sondern nackt und bloß waren, wie sie aus dem Bett aufgesprungen sein musste. Den Yukata hatte sie wohl ebenso hastig übergeworfen, denn er hatte sich gelockert und zeigte mir mehr Haut, als angebracht war.

Im Unterschied zu der grässlichen Erscheinung von eben konnte ich das aber selbst im schwachen Licht der Taschenlampe deutlich genug sehen. Sie war kein Geist, sie war ein richtiger Mensch. Ein schöner noch dazu.

Beschämt schloss ich die Augen. Doch das Bild wollte nicht weichen, selbst als sie mich wieder ordentlich zugedeckt und die Tür hinter sich zugezogen hatte.

Am nächsten Morgen erschien mein Bergführer wieder. Unsicher betrat er mein Zimmer. Von den Ereignissen der letzten zwei Nächte hatte er bereits gehört. „Sie haben Fieber", sagte er. „Starkes Fieber. Ich habe gehört, sie hatten Erscheinungen?"

Ich nickte stumm.

Unter diesen Umständen wäre es nicht ratsam, weitere Touren zu unternehmen, meinte er. Vielleicht sollte ich zu einem Arzt oder in ein Krankenhaus gehen? Er bot an, mich ins Krankenhaus zu fahren, nach Takayama oder Matsumoto, und mir einen Teil des Geldes für seine Dienste zurückzuzahlen, da er nun nicht alle vereinbarten Führungen durchführen konnte.

Ich fühlte mich aber zu schwach und wollte lieber im Sansō bleiben unter der individuellen, fürsorglichen Pflege meiner Wirtin. Der Krankenhausbetrieb mit seinen gestressten Schwestern und Ärzten, in der Anonymität eines sterilen Krankenzimmers, noch dazu als Gaijin, der, kaum der Sprache mächtig, dem Personal die delikate Ursache seines Leidens unmöglich erklären konnte, flößte mir Angst ein.

Meiner Wundermaschine traute ich in dieser Frage wenig Kompetenz zu. Sie hätte entweder völlig missverständlich übersetzt – was ich nicht einmal hätte überprüfen können – oder mich immerzu nur ermahnt: „Formulieren Sie einfacher!"

Als ich versuchte, das meinem Bergführer zu erklären, beharrte er darauf, dass mein Leiden unmöglich auf den kleinen Unfall bei der Solfatare zurückzuführen sein könne. So etwas sei auch anderen schon passiert, auch ihm. Abgesehen von einer kurzen Zeit der Übelkeit, die – wenn überhaupt – höchsten zwei, drei Stunden angedauert hätte, sei nie etwas zurückgeblieben.

Ich müsse irgendeinen Fluch auf mich geladen haben. Hatte ich vielleicht irgendwelche ungewöhnlichen Phänomene wahrgenommen, zum Beispiel Feuerbälle, die den Fluss hinab schwämmen – Tengubi? Oder Akateko, eine rote Kinderhand, die von einem Baum herabhing? Beides seien Vorboten schlimmer Ereignisse und könnten zum Beispiel mein Fieber verursacht haben. Oder hätte ich vielleicht nachts aus dem Fenster geschaut und ein paar seltsame Gestalten auf dem Weg am Fluss gesehen, der an meinem Haus vorbeiführte?

Das seien die Shichinin Misake gewesen, die „Sieben Geister", Vorboten einer schweren Krankheit, die zumeist mit einem hohen Fieber begann. Er persönlich vermute allerdings, ein Tengu würde mich verfolgen.

Ich wollte wissen, was ein Tengu ist.

Tengu hätten viele verschiedene Erscheinungsformen. Einige sähen aus wie Mönche die in der Einsamkeit, oft auf Berggipfeln, ein asketisches Leben führten. Auf dem Ontakesan, zum Beispiel, würde ein solcher hausen. Sie seien sehr mächtig.

Ich musste an die schemenhafte Gestalt denken, die ich in der Schwefelwolke auf dem Yakidake erblickt hatte. Dann richtete ich meine Aufmerksamkeit wieder auf die Worte meines Japaners.

Einige Tengu seien gierig nach scheinbar wertvollen Gegenständen und stahlen sie aus Tempeln und Haushalten, aber sie überschätzten oft ihre eigene Intelligenz, wodurch man sie austricksen konnte. Sie würden zu Wutausbrüchen neigen und sich sogar von Menschenfleisch ernähren. Einfach so würden sie Menschen, die ihren Ärger geweckt hätten, vergewaltigen, quälen und ermorden. Manchmal ließen sie Menschen einfach aus großer Höhe zu Boden fallen, entführten Kinder und banden sie an die Wipfel der höchsten Bäume, sodass man zwar ihre Klageschreie hören, ihnen aber nicht helfen könne. Besonders hätten sie es auf Mönche und Nonnen abgesehen. Ob ich vielleicht so etwas wie ein Mönch oder ein Priester sei.

Ich verneinte, entschloss mich aber, ihm von Schloss Poenari erzählen. Es war nicht ganz einfach und ich musste meinen Wunderübersetzer mehrmals überlisten.

Erst als ich Fürst Vlad III. zu einem lokalen Daimyō machte und die Invasion der Osmanen in Europa mit der Sen-goku-Zeit verglich, verstand er die Zusammenhänge. Die Grausamkeiten Vlad III. schienen ihn nicht zu beeindrucken. Er nickte mehrfach und murmelte während meines Berichts hin und wieder ein zustimmendes „so desu ne". In Japan hätte es Daimyō gegeben, die ebenso grausam, wenn nicht noch schlimmer gewesen seien.

Ich erzählte ihm von der Gestalt in der Schwefelwolke. Er wiegte den Kopf. Von einem Tengu auf dem Yakidake hatte er noch nichts gehört, aber möglich sei es schon. Wahrscheinlich sei es aber nur ein Yokai namens Enenra gewesen, ein eher harmloser Rauchgeist. Ich erzählte nun auch von der nächtlichen Erscheinung mit dem Schlitzmund und wollte wissen, ob die bedrohlich sei.

Der vermeintliche Biss war schmerzhaft gewesen, aber im Tageslicht hatte ich mich vor dem Spiegel selbst davon überzeugt, dass es keine Wunde gab. Stattdessen erinnerte ich mich sofort wieder an den frischen Geruch nach Gras und Flussufer.

„Ā, kamisama", entfuhr es ihm. „Vielleicht ist es eine Hinoenma gewesen. Aber Hinoenma haben ein Gesicht, sogar ein sehr liebliches, verführerisches. Überhaupt sind sie der Inbegriff der Verführung. Sie saugen den Männern, die sie heimsuchen, alle ihre Manneskraft aus, bis sie am Ende sterben."

Erschrocken versuchte ich, krampfhaft, jeden Gedanken an meine Wirtin aus meinem Kopf zu verbannen.

„Was du gesehen hast", fuhr er fort, „war sicher eine Ohaguro Bettari, die Beschreibung würde genau passen." Die sind verführerisch wie eine schöne Maiko, haben aber kein Gesicht, denn ihr Name bedeutet „nichts als schwarze Zähne". Maiko, so wurden in Kyoto die Geisha genannt und sie schminkten ihr Gesicht völlig weiß und lackierten ihre Zähne schwarz. Das galt in der Edo-Zeit als schön.

Ich hatte das in meinem Reiseführer gelesen. Auch dass ich laut geschrien hatte, würde dazu passen, meinte mein Bergführer, das sei ihr Ziel, doch zubeißen, täte eine Ohaguro Bettari nicht.

Er war ratlos, was die Bedeutung all dessen sei, wolle aber einen Yamabushi holen, einen Priester des Shugendō. Das ist eine alte aus dem Shintō hervorgegangene japanische Religion, die das Erlangen übernatürlicher Fähigkeiten zum Ziel hatte. Diese Fähigkeiten setzten die Shugenja zum Wohl der Bevölkerung ein, beispielsweise zur Heilung von Krankheiten. Der Shugenja würde Sutren an meinem Bett lesen und die Geister vertreiben. Es würde aber bis morgen dauern. Ob ich die eine Nacht noch überstehen würde?

Ich bat ihn, das zu tun. Hier war meine westeuropäische Rationalität an ihre Grenzen gelangt und gegen japanische Yokai helfen sicher japanische Sutren, vorgelesen von einem japanischen Mönch, am besten. Ich bereitete mich mit flauem Magen auf die kommende Nacht vor.

Als die Wirtin meinen Futon für die Nacht herrichtete zeigte sie auf mein unentbehrliches Wundergerät und bedeutet mir, es einzuschalten. „Wir beten für Sie, mein Mann und ich", sagte sie. „Das ist ein heiliges Seil, es wird verhindern, dass böse Geister durch das Fenster eindringen können", wobei sie auf das Shimenawa wies. „Wenn etwas ist, rufen Sie laut oder klopfen Sie mit der Faust heftig auf den Boden. Wir schlafen direkt unter Ihnen und kommen sofort."

Ich lag eine ganze Weile wach und konnte nicht einschlafen, weil ich immerzu befürchtete, die Erscheinungen kämen wieder. Nach einer Weile sank ich in einen Halbdämmer und erwachte, weil mein Mund ganz trocken war. Meine Gastgeber hatten mir für die Nacht wieder etwas Tee dagelassen. Dankbar nahm ich einen Schluck und trat zum Fenster. Es war fast Vollmond, aber vor dem Haus standen Bäume. Allerdings war der Weg am Flussufer im Mondlicht gut zu sehen. Als ich so leeren Blickes aus dem Fenster starrte, meine Aufmerksamkeit eher nach innen gerichtet. Nahm ich draußen eine Bewegung wahr.

Von Süden näherten sich einige Gestalten auf dem Weg. Die Vorderste trug einen breitkrempigen Strohhut auf dem Kopf und einen langen kräftigen Stecken in der Hand. Im Mondlicht konnte ich auch deutlich die Waraji an seinen Füßen erkennen, geflochtene Strohsandalen. So etwas trug doch heute kein Mensch mehr, schon gar nicht auf der Straße … Die letzte hatte euinen unbeholfenen watschelnden Gang, ein Fischmaul und, soweit ich es erkennen konnte, schuppige Haut. Überhaupt sahen die Gestalten alle sehr blass aus, irgendwie farblos aus.

Ich zählte. Sieben waren es, die Shichinin Misaki. Von der letzten Gestalt hatte ich bei Hearn gelesen. Ein Kappa, ein Flussgeist, der sich unter anderem auch von menschlichen Eingeweiden ernährte. Ich musste an Vlads Pfähle denken und mich schauderte.

Schnell verzog ich mich vom Fenster unter meine Bettdecke und lauschte den näher kommenden und sich wieder entfernenden Schritten. Als alles wieder ruhig war, traute ich mich, unter der Bettdecke hervorzuschauen. Ohnehin war mir die Luft knapp geworden und meine eigene Fieberhitze hatte sich unter der Bettdecke über die Maßen angestaut.

Ich hätte das nicht tun sollen. Aus den Brettern, die in diesem ganz und gar aus Holz bestehenden Sansō die Decke bildeten, hing kopfüber eine Gestalt herab. Ein junges Mädchen mit einer kunstvoll aufgesteckten Frisur. Nur ihr Oberkörper ragte aus der Decke herab, der Rest blieb verborgen.

Nach dem, was ich von meinem Bergführer gehört hatte, traute ich der Erscheinung allerdings nicht. Da löste sich die Frisur auch schon auf und hing in wirren Strähnen fast bis auf mein Bett herab. Unruhig wand sich das Ding hin und her als wollte es sich ganz aus der Decke herausquetschen.

Dabei sanken ihre Kleider zu Boden, aber bevor sie ihn berührten, lösten sie sich in Nichts auf. Vor meinen Augen verwandelte sich das junge Mädchen, ehe ich es überhaupt richtig wahrgenommen hatte, in eine nackte, hässliche alte Frau mit heraushängender Zunge.

Das war ein Tenjō Kudari, ein „Deckenhänger". Welche Gefahr von dem ausging, wusste ich nicht, aber die herabhängende Zunge verhieß nichts Gutes.

Schnell zog ich die Decke wieder über den Kopf, in der Hoffnung das Trugbild würde verschwinden. Dagegen waren meine Erlebnisse in Poenari geradezu harmlos gewesen … Als ich vorsichtig die Decke lüftete, war nichts mehr zu sehen. Erleichtert zog ich sie ganz vom Gesicht.

Aus der hintersten Ecke des Zimmers, in die auch das Mondlicht nicht mehr drang, leuchteten zwei gelbliche Lichter, erloschen zugleich und leuchteten zugleich wieder auf. Wie damals der Kater in Poenari.

Doch dann trat der Hausherr aus dem Dunkel. Oder war er durch die Tür gekommen? Hatten die beiden Wirtsleute gehört, wie ich im Zimmer umherlief und sie hatte ihn nach oben geschickt, um nach dem Rechten zu sehen?

Erleichtert wollte ich ihn auf den Kappa aufmerksam machen und bitten, im Zwischenboden der Decke nachzuschauen. Ich griff nach meinem Übersetzer, doch er schüttelte den Kopf.

Er sprach zu mir, aber ich hörte keinen Laut. Da drehte er sich plötzlich um und wandte mir den Rücken zu. Im nächsten Augenblick ließ er seinen Yukata fallen und bückte sich tief nach unten. Im schwach erhellten Zimmer sah nichts anderes als sein vom Mondlicht beschienenes Gesäß. Das allein war schon erschreckend genug, aber das wirklich Grauenerregende daran war, dass mich direkt aus seinem Hintern ein riesiges, strahlendes Auge anblickte.

Ich warf den Übersetzer, den ich noch in der Hand hielt, nach der Erscheinung. Mit moderner Technik können Yokai scheinbar nicht umgehen. Er löste sich in einer Staubwolke auf und war in der nächsten Sekunde verschwunden.

Wieso erschien mir ausgerechnet mein Gastgeber als Shirime, als „Gesäßauge"? War das ein Freud'scher Komplex, weil ich auf eine Weise an seine Frau gedacht hatte, die mir nicht zustand? Oder waren die beiden vielleicht auch Yokai?

Dann war ich verloren! Mein Atem ging schwer, doch da sich nichts mehr tat, wurde ich ruhiger. Mein Fieberschub hatte nachgelassen.

Das hier ist meine letzte Nachricht an Euch. Ich glaube, ich werde nichts mehr schreiben können. Heute Morgen war wie versprochen der Yamabushi erschienen. Er hatte sich noch einmal meine Geschichte erzählen lassen.

Dann nickte er ernst und erklärte mir, eine Reihe der Erscheinungen, die ich hatte, seien eher harmloser Natur und dienten vor allem dazu, mir Angst einzujagen. Vielleicht wollten sie mich nur zum Verlassen des Landes bewegen?

Ich hätte einen mächtigen Fluch auf mich geladen. Mit den Geistern meiner Heimat sei er nicht so vertraut, aber jemand, ein mächtiger Geist, musste mit seinen magischen Kräften andere Geister um Unterstützung angerufen haben. Er wüsste aus seiner Heimat, dass so etwas gelegentlich – wenn auch selten – vorkam.

Dann würden die seltsamsten Kreaturen zusammenkommen und versuchen, diesen Auftrag zu erfüllen. Mein Fall sei schwierig. Vielleicht sei es das Beste, wenn ich in meine Heimat zurückkehre. Dann hätte ich vielleicht eine Chance, meinen Widersacher zu besänftigen oder ihn zu besiegen.

Wenn hier in Japan sämtliche Yokai auf mein Haupt beschworen wurden, könnten sich ihre Wirkungen vervielfachen und seien nicht voraussehbar. Immerhin seien einige gefährliche Erscheinungen dabei gewesen.

Dass die Ohaguro Bettari mich gebissen hatte, sei allerdings ungewöhnlich. Das weiße formlose Gesicht wäre zwar charakteristisch für diese Art von Yokai, aber die Frage, ob sie schön sei, nur um mir dann ihr blutiges Antlitz zu zeigen, sei vielmehr der Beweis, dass es sich nicht um eine Ohaguro Bettari gehandelt habe, sondern um eine Kuchisake Onna, die „Frau mit dem zerrissenen Mund". Oder die Ohaguro Bettari hatte sich vielleicht mit einer Nikusui einer „Fleischsaugerin" vereint. Die würden auch immer nachts als schöne begehrenswerte Frauen erscheinen, die Laterne auslöschen und ihren Opfern in der Dunkelheit das Fleisch von den Knochen saugen. Die wären sehr gefährlich.

Der Kappa sei immerhin mit den Shichinin Misaki vorübergezogen. Es sei eine gute Idee der Wirtsfrau gewesen, das Shi-menawa am Fenster anzubringen, lobte er.

Von meinen Bedenken, dass die beiden Wirtsleute selbst Yokai sein könnten, hatte ich nichts erzählt. Wenn eine solche Verbindung zwischen unterschiedlichen Yokai möglich war und normalerweise harmlose zu blutrünstigen Geistern wurden, wäre dahinter eine starke Magie am Wirken. Es könnten sich auch noch andere Yokai auf mich stürzen, Kejōrō oder Nobusuma.

Selbstverständlich würde er alles tun, um mindestens die japanischen Geister zu bannen. Vielleicht könne er sogar meinen ursprünglichen Widersacher austreiben. Er war trotz seiner anfänglichen Bedenken sehr zuversichtlich und riet mir noch, für alle Fälle eine Taschenlampe neben meinen Futon zu legen und den Geistern direkt ins Gesicht zu leuchten.

Die traditionelle Methode sei zwar, sie mit glühenden Kohlestücken aus der Laterne zu bewerfen, aber es sei das Licht, nicht die Gluthitze, das sie fürchteten.

Dann hatte er eine Stunde lang irgendwelche Beschwörungsformeln oder Sutren von einer

Schriftrolle vorgelesen und sich bei seinem Singsang hin und her gewiegt. Nach dem Mittag wiederholte er das Ganze und vollzog noch ein paar andere magische Rituale, deren Sinn und Bedeutung mir verborgen blieb. Zum Schluss verbrannte er Räucherstäbchen, deren intensiver Geruch mich aber völlig benommen machte.

Ich wagte nicht, etwas zu sagen, doch als er gegangen war, öffnete ich für einen Moment das Fenster, um frische Luft einzulassen. Dabei achtete ich peinlichst darauf, dass das Shimenawa nicht herunterfiel, ja nicht einmal verrutschte.

Bevor er ging, hatte mir der Mönch versichert, seine Rituale würden von nun an die Geistererscheinungen fernhalten und es würde mir bald besser gehen. Ich baute mein ganzes Vertrauen auf seine Worte. Es gab ja auch nichts, worauf ich sonst vertrauen konnte.

Doch jetzt ist es wieder in Nacht. Ich hatte mich schon früh am Abend niedergelegt, in der Hoffnung mich endlich einmal gesundschlafen zu können. Jedoch hatte ich bald schon wieder wirre Träume, von denen ich mich nur noch an den letzten erinnerte.

Eine riesige schlangenähnliche Kreatur mit sechs Beinen hatte sich um meinen Körper gewickelt wie eine Boa Constrictor und drohte, mich zu ersticken. Ich strampelte und schlug wild um mich, um freizukommen. Das hatte wieder meine Wirtin auf den Plan gerufen, diesmal ohne ihren Mann. Wahrscheinlich war ihr klar, dass ich wieder „nur" einen Fieberanfall hatte.

Mir war das ganz lieb so, denn ich wollte um keinen Preis erneut das Auge aus seinem Hintern starren sehen.

Sie beruhigte mich, Ich hätte nur einen Fiebertraum gehabt, das sei kein Nomori gewesen. Ich hätte mich bei meinem unruhigen Schlaf offenbar so sehr hin und her gewälzt, dass ich mich völlig in meinem Yukata verwickelt hatte, den ich zum Schlafen nicht ausgezogen hatte. Ein Arm steckte noch darin, der Rest hatte sich um meinen Bauch gewickelt. Der Gürtel, der den Yukata zusammenhalten sollte, hatte sich um meinen Hals und meine Brust geschlungen. Ich will gar nicht wissen, wie das ausgesehen haben muss.

Sie zog mir den Yukata aus und sagte, den sollte ich besser nicht tragen, um mich nicht erneut darin zu verheddern. Ich würde dann auch weniger schwitzen. Mit einem feuchten, kühlen Tuch wusch sie mir den Schweiß vom Körper. Fürsorglich, wie eine Mutter ihr krankes Kind pflegt. Ihre sanften Berührungen taten mir so gut und beruhigten mich. Ich wollte nicht, dass sie geht.

Sie lächelte und schüttelte den Kopf. Sie hätte noch Arbeit, aber sie würde in der Nacht noch einmal nach mir sehen. Ich sollte nur ruhig schlafen, sie würde aufpassen, dass mir nichts geschieht.

Von wegen! Ich weiß nicht, wie lange ich geschlafen hatte, aber dann erwachte ich erneut. Meine Wirtin war gekommen, nach mir zu sehen. Sie hatte ihren Yukata gerafft und saß rittlings auf mir, wie damals die Ohaguro Bettari oder Nikusui und rieb mit dem feuchten Tuch mei-nen Körper ab.

Im ersten Moment hielt ich sie für einen blutsaugenden Yokai und wollte sie von mir stoßen, aber ich erkannte das Muster auf ihrem Yukata wieder, erkannte ihre zierliche Gestalt und alles war farbig und lebendig. Ein wohltuendes Gefühl durchströmte mich vom Kopf bis zu den Zehen. Sie hatte den Knoten ihres Haares zur Nacht gelöst und es hing bis auf mich herab und kitzelte mich am Bauch.

Doch als ich danach griff, um es zu teilen, und ihr Gesicht zu sehen, gab es kein Gesicht, alles war Haar. Eine Strähne schlang sich wie eine Fessel um meine Hände, die andere um meinen Hals. Ich rang nach Luft, bäumte mich auf. Mit aller Kraft befreite ich meine Hände aus der Fesselung, riss mir die Strähne vom Hals und mit einer Kraft, die ich mir nie zugetraut hätte, packte ich die Kejōrō an ihren Haaren und schleuderte sie gegen die Wand.

Die Wand war die mit dem Fenster. Ich hatte solche Wucht in meinen Wurf gelegt, dass ihr

Körper oberhalb des Fensters auf das Shimenawa traf. Mit einem Zischen wie Wassertropfen, die auf eine heiße Herdplatte treffen, verdampfte sie vor meinen Augen.

Nun weiß ich gar nicht mehr, ob es überhaupt noch angebracht ist, meine Wirtsleute um Hilfe zu bitten. Gerade eben bin ich erneut erwacht. Ich hatte meinen Yukata nicht wieder angezogen, selbst meiner Bettdecke traute ich nicht mehr.

Was, wenn auch die Tsukumogami waren, die nur nach einer Gelegenheit trachteten, Vlad III. Auftrag zu Ende zu führen?

Ich bin erwacht, weil etwas aus der Dunkelheit auf mein Gesicht geflogen ist und es zugedeckt hat. Das feuchte Handtuch? Unwillkürlich fiel mir der „Face-Hugger" aus Ridley Scotts „Alien" ein und sofort geriet ich in Panik. Bei meinem verzweifelten Versuch, es zu entfernen, muss ich mich an irgendetwas geschnitten haben. Oder hat das Ding mich gebissen?

Ich habe es von mir geworfen, an meine Wange gegriffen – da war etwas feucht. Ich habe den Finger in den Mund gesteckt. Es schmeckt nach Eisen. Blut!!! Sogleich habe ich nach der Taschenlampe gelangt und in die Richtung geleuchtet, in die ich das Ding geworfen hatte.

Neben der Tür rappelte sich ein pelziges Tierchen auf, ähnlich einem Flughörnchen. Es erklomm die Wand, um zwischen den Ritzen der

Decke zu verschwinden. Bevor es ganz verschwunden war, drehte es sich noch einmal um, steckte den Kopf aus der Ritze hervor und spie lauter kleine Körnchen aus. Die wuchsen im Nu zu einem Schwarm Fledermäuse heran, die wie wild meinen Kopf um-kreisten und dann durch das geschlossene (!) Fenster verschwanden. Das muss ein Nobusuma gewesen sein. Vor dem hatte mich der Yamabushi gewarnt, es wäre ein Blutsauger.

Ich habe immer noch den Eisengeschmack im Mund. Die Beschwörungen des Yamabushi haben nichts bewirkt, aber auch gar nichts.

Jetzt weiß ich, dass Vlad III. mich auch in meinem Exil aufgespürt hat. Ich bin verloren!!!

Ich werde zurück nach Deutschland fliegen. Sofort. Dort melde ich mich freiwillig in einer Nervenheilanstalt. Vielleicht bin ich dort sicherer.

Ralf P. Krämer

Liebeslied?

Es geschieht an einem Sommertag.
Die Sonne scheint so hell –
von fern ertönt der Glocke Schlag,
es sprudelt leis' des Bächleins Quell'.

Ein Jüngling steht am Waldesrand,
versunken in der Liebe Traum
an das Mädchen, das er fand
beim Tanze unterm Maienbaum.

Ihre Augen strahlten blau
und gülden glänzt ihr blondes Haar.
Von da an wusste er genau
mit ihr würden seine Träume wahr.

Doch sie verschwand nach Mitternacht,
vergeblich war sein Suchen.
Was nützt ihm jetzt der Sonne Pracht –
er könnte diesen Tag verfluchen.

Doch halt, es blinkt ein himmlisch Wesen,
zwischen den Bäumen am Waldessaum.
Wird er nun von seinem Leid genesen
und sich erfüllen seinen Liebestraum?

Oh ja, sie ist's, die blonde Maid
und strahlt ihn an mit heißen Blicken –
schwebt auf ihn zu im Sommerkleid.
Er bebt voll Wonne und Entzücken.

„Hallo, mein Liebster, ich bin dein",
so klingt's aus ihrem roten Munde.
„Ich will dein Schatz für immer sein."
Kaum glaubt er diese frohe Kunde.

Sie schmiegt sich an ihn voller Lust,
ihm wird ganz heiß in seinem Herz.
Ein Kuss, ein Biß in seine Brust –
er spürt ihn kaum, den Vampirschmerz.

Matthias Albrecht

Die Reifeprüfung

Der Vampirin Beatrice
ging es in der Schule mies!
„Warum das?", werdet ihr fragen.
Nun, das kann ich euch gleich sagen.

Beatrice, sie war ein Kind,
so, wie Kinder nun mal sind:
Neugierig und aufgeschlossen
Streiche spielend und auch Possen.

Ob alter Mann, ob Jugendlicher –
ha, keiner ist vor ihnen sicher.
Sie sind die wahren Anarchisten –
das wusst' schon Herbert zu berichten.

Ja, Grönemeier hin und her –
der Song kommt nicht von ungefähr.
Es steht gar in der Bibel nun:
„… denn sie wissen nicht, was sie tun!"

Ungehemmt im Unterhemd –
Peinlichkeit ist ihnen fremd.
Auch zu Hause geht es rund –
Kindermund tut Wahrheit kund …

Stellen auch recht viele Fragen
in diversen Lebenslagen.
Sind schnell außer Rand und Band,
obendrein noch ignorant.

Alle Eltern kennen das;
schnell läuft über manches Fass.
Ja, dann hagelt es Verweise –
und die Kinder weinen leise …

Bei Vampir'n ist 's ebenso.
Die sind auch nicht immer froh.
Steh'n den Menschen in nichts nach –
die Erziehung liegt dann brach!

Wenn die Mutter „Nein" gesagt,
wird der Vater schnell gefragt.
Sagt sie „Nein!" – so sagt er „Ja!"
Der Beste ist halt der Papa!

Doch wenn 's ums Eingemachte geht,
der Vater nicht zur Tochter steht.
„Im Blutsaugen hast du 'ne Sechs?
Das ginge noch, wärst du 'ne Hex.

Doch für Vampire ziemt sich 's nicht.
Mein Fräulein – bist du noch ganz dicht?"
„Ich hab 's versucht, lieber Papa",
Antwortete die Tochter da.

„Aber Blut bekommt mir nicht.
Davon kriege ich die Gischt!
Selbst wenn man es zuvor gut reinigt.
Das hat der Schularzt mir bescheinigt!"

Der Vater runzelte die Brauen.
„Dem Quacksalber ist nicht zu trauen.
Der redet immer solchen Kohl;
Wozu gibt 's Allopurinol!"

Die Medizin half Beatrice.
Fortan ging es ihr nicht mehr mies.
Sie saugte Blut nun wie noch nie.
Ein Hoch der Pharmaindustrie!

Jacqueline Zöllner

Darkfordt

Darkfordt: *Die sechsjährige Emilia K. wird seit Donnerstagabend vermisst. Sie ist bereits das fünfte Kind, das innerhalb von zwei Monaten spurlos aus ihrem Zimmer verschwunden ist.*
Die Ermittlungen laufen auf Hochtouren, aber bisher blieb die Suche, wie auch bei den anderen Kindern, erfolglos.
Bislang geht die Polizei von einem Serientäter aus. Die Bewohner von Darkfordt werden dazu aufgefordert, die Augen offen zu halten. Wer etwas gesehen oder gehört hat, soll sich bitte auf dem Polizeirevier Darkfordt melden.

„Glaubst du, die Legende ist wahr?", fragte der achtjährige Noah und ließ die Zeitung sinken.

Nachdem er und seine sechs Jahre ältere Schwester Thea von der Schule nach Hause gekommen waren, hatten sie die Post aus dem Briefkasten geholt und sich anschließend in der Küche ein paar Eier gebraten. Nun saßen sie zusammen auf dem Boden im Wohnzimmer, aßen ihr Rührei und blätterten währenddessen in der Tageszeitung.

„Quatsch!", sagte Thea, „Das ist doch nur ein Hirngespinst der Leute."

„Und wenn nicht?", entgegnete Noah, „Was, wenn es die Vampirfrau wirklich gibt und uns einen nach dem anderen holt?"

In diesem Moment klingelte Theas Handy. Sie sah, dass ihre Mutter anrief, und nahm das Gespräch an.

„Thea, Schatz, bei mir wird es heute wieder sehr spät. Ich muss auf Arbeit noch einen Haufen Papierkram erledigen."

„Schon wieder?", fragte Thea.

„Ja, es tut mir leid, mein Schatz, aber es geht leider nicht anders. Ich mache es wieder gut, versprochen."

„Okay", meinte Thea enttäuscht.

„Passt du bitte auf Noah auf? Wenn ihr wollt, könnt ihr später noch zu Oma rüber gehen."

„Ja, gut."

„Du bist ein Schatz. Ich hab dich lieb", sagte ihre Mutter, legte auf und Thea ließ langsam das Handy in ihren Schoß sinken.

Noah hatte seine Schwester während des Gesprächs mit großen Augen angeschaut.

„Sie kommt wieder nicht, oder?", fragte er traurig.

„Nein", antwortete Thea.

„Immer muss Mama arbeiten." Trotzig schmiss Noah die Zeitung weg und lief nach oben in sein Zimmer.

„Noah", rief Thea ihrem Bruder hinterher, hörte aber nur noch, wie seine Zimmertür zuschlug.

Seufzend stand sie auf und räumte die leeren Teller weg.

Als es kurz vor fünf Uhr nachmittags war, klopfte Thea an die Tür ihres Bruders.

„Noah?", rief sie, „Komm, lass uns zu Oma gehen."

Sofort ging die Tür auf. „Oh ja!", sagte der Junge und rannte die Treppe hinunter. Thea lächelte. Scheinbar hatte sich ihr Bruder wieder beruhigt und freute sich nun auf den Besuch bei ihrer Großmutter.

Wenige Minuten später überquerten sie bereits die Straße und liefen zum Haus ihrer Oma.

„Kommt rein", sagte sie freudig, „Wollt ihr etwas trinken? Ich habe noch etwas von meiner selbstgemachten Limonade."

„Ja, gern", meinte Thea, während Noah es sich schon auf der Eckbank am Küchentisch gemütlich machte.

„Oma?", fragte er, „Kannst du uns nochmal die Legende der Vampirfrau erzählen?"

„Ja, sicher", meinte Oma erstaunt, während sie einige Kerzen in der Küche anzündete.

„Noah glaubt, sie ist für das Verschwinden der Kinder in letzter Zeit verantwortlich", erklärte Thea.

Die Großmutter setzte sich zu ihren Enkeln an den Tisch.

„Also gut", begann sie, „Vor vielen, vielen Jahren wurde hier in Darkfordt ein kleines Mädchen namens Ariana geboren. Doch sie war nicht wie die anderen Kinder. Mit fünf Jahren fand sie heraus, dass sie sich in eine Fledermaus verwandeln konnte. Die entsetzten Eltern zogen einen Arzt hinzu und ließen ihre Tochter untersuchen, weil sie dachten, es müsse sich um eine böse Krankheit handeln. Der Arzt allerdings war ein Lügner und Wichtigtuer. Als er das Mädchen sah, meinte er, es sei schwarze Magie im Spiel und riet den Eltern, Ariana fortzuschicken. Sie sollten ihre Tochter an einen Ort bringen, wo sie niemandem schaden konnte. Die Eltern taten, was von ihnen verlangt wurde und verbannten sie auf die Burg, die auch heute noch über Darkfordt thront. Einige Zeit hörte niemand mehr etwas von ihr. Doch zehn Jahre nach dem Vorfall – die Menschen im Dorf hatten das Mädchen, das sich in eine Fledermaus verwandeln konnte, fast vergessen – begannen auf einmal nach und nach Kinder aus der Umgebung zu verschwinden. Zuerst konnte man es sich nicht erklären. Aber als irgendwann die Eltern eines vermissten Jungen verzweifelt erzählten, sie hätten eine riesige Fledermaus aus dem Zimmer ihres Kindes fliegen sehen, begannen sich einige Leute an das Vampirmädchen zu erinnern. Und so entstand die Legende, dass Ariana für die entführten Kinder verantwortlich sein musste."

„Aber warum?", fragte Noah, „Warum hat sie das getan?"

„Nun, das ist eine gute Frage. Einige mutige Männer sind damals losgezogen, um die verschwundenen Kinder zu suchen und zurückzubringen. Sie sind zur Burg gegangen, aber nie wieder zurückgekehrt. Im Dorf vermutete man, dass das Mädchen einsam war und sich Gesellschaft holen wollte."

„Glaubst du, Ariana lebt noch?", wollte Noah wissen.

„Schwer zu sagen. Vom Alter her könnte es schon möglich sein. Allerdings wäre sie heute schon sehr alt."

„Das ist doch nur ein Mythos", warf Thea ein.

„Woher willst du das denn wissen?", entgegnete Noah.

„Menschen können sich nicht in Fledermäuse verwandeln. Wie soll das denn gehen? Die vermissten Kinder tauchen bestimmt bald wieder auf."

„Schluss jetzt, ihr beiden. Ihr macht euch viel zu viele Gedanken über etwas, bei dem ihr eh nichts ausrichten könnt. Lasst die Polizei einfach ihre Arbeit machen", sagte ihre Großmutter, „Was haltet ihr von Kartoffelpuffern zum Abendessen?"

„Oh ja!", rief Noah freudestrahlend.

Am nächsten Morgen, als Thea und Noah gerade zur Schule gingen, stießen Ben und Leon mit ihren Fahrrädern zu den Geschwistern. Die beiden waren Freunde von Noah.

„Hey, Noah, hast du schon gehört?", rief Ben.

„Was gehört?", fragte dieser.

„Diese Emilia, die verschwunden ist. Ihre Mutter erzählt im ganzen Dorf herum, dass sie glaubt, eine Fledermaus im Zimmer ihrer Tochter gesehen zu haben", sagte Leon.

„An dem Abend, bevor sie verschwunden ist", ergänzte Ben.

Noah blieb abrupt stehen und sah seine Schwester an.

„Das ist bestimmt nur Zufall", meinte Thea so leise, dass nur ihr Bruder sie verstehen konnte. Trotzdem bekam sie eine Gänsehaut.

„Und wenn nicht?", flüsterte Noah.

„Was ist denn?", wollte Leon wissen.

„Ach, nichts", antwortete Noah laut und winkte ab.

„Okay, wir fahren schon mal vor. Bis dann", sprach Ben und weg waren die beiden.

Die Geschwister setzten sich wieder in Bewegung.

„Thea?", fragte Noah nach einer Weile nachdenklich.

„Ja?"

„Lass uns nachsehen gehen."

„Was nachsehen?", hakte Thea nach.

„Auf der Burg. Nach der Vampirfrau."

„Was? Du bist doch verrückt."

„Aber vielleicht können wir die verschwundenen Kinder zurückholen."

„Nein", erwiderte Thea.

„Dann geh ich eben alleine", entschied Noah.

„Das wirst du nicht tun!"

Die beiden waren inzwischen an der Schule angekommen.

„Das werden wir ja sehen", sagte Noah und rannte in Richtung seiner Freunde.

Na toll, dachte Thea. Doch auch sie beschäftigte das Thema den ganzen Tag. Sie war sich nach dem Gespräch mit Ben und Leon nicht mehr sicher, was sie glauben sollte. Gab es die Vampirfrau wirklich? Steckte sie hinter den Entführungen der vermissten Kinder?

Schließlich traf Thea eine Entscheidung.

Nach der Schule wartete sie am Tor auf Noah. Aber als er auch nach zwanzig Minuten noch nicht kam, wurde sie langsam unruhig. Hatte er eher Schluss gehabt als sie? Nein, denn da kamen Noahs Klassenkameraden, Ben und Leon.

„Hey", rief sie und winkte den beiden, „Ist Noah gar nicht bei euch?"

„Nein", antwortete Ben, „Er meinte, ihm sei schlecht und ist schon nach der vierten Stunde heim."

Mist! Das durfte doch nicht wahr sein.

Thea bedankte sich, drehte sich um und rannte nach Hause. Hoffentlich war er nicht allein zur Burg losgezogen.

Zu Hause stellte Thea fest, dass Noahs Fahrrad nicht an seinem Platz stand. Verdammt! Eilig tauschte sie ihre Schulhefte gegen eine Wasserflasche und schulterte ihren Rucksack wieder. Dann schnappte sie sich ihr eigenes Rad und schlug die Richtung zur Darkfordt-Burg ein. Erst ging es noch eine Weile geradeaus, aber bald gelangte sie an den Fuß des Bergs, der zur Burg hoch führte und schon nach wenigen Minuten war sie völlig außer Puste und musste eine Pause einlegen. Hoffentlich machte Noah keine Dummheiten. Immerhin hatte er zwei Stunden Vorsprung.

Als Thea endlich oben angekommen war, schaute sie sich erst einmal um. Vor ihr ragte dunkel und bedrohlich die Burg auf. Thea stand in einiger Entfernung zu dem offenstehenden, rostigen Eingangstor in den Burghof. Einer der drei Burgtürme war bereits in sich zusammengefallen und die meisten der Fensterscheiben zerbrochen.

Thea sah nach rechts. Dort befand sich nur die Mauer der Burg, die an den Berghang grenzte. Auf der linken Seite konnte sie neben der Burgmauer noch zahlreiche Büsche und einige Bäume entdecken, bevor es steil nach unten ging.

„Noah?", flüsterte sie. Keine Antwort.

Thea legte ihr Fahrrad an den Wegesrand und begann, sich langsam durch die Büsche zu schlagen.

„Noah?", rief sie etwas lauter.

„Hier", kam es leise aus einigen Metern Entfernung zurück.

Thea musste genau hinsehen, um ihren Bruder im Gestrüpp zu entdecken. Er lag zwischen den Büschen auf dem Boden und hielt ein Fernglas in der Hand. So schnell es durch die kratzenden Zweige ging, lief sie zu ihm und legte sich neben ihn.

„Was machst du denn?", fragte sie erleichtert.

„Du wolltest doch gar nicht mitkommen", erwiderte Noah und blickte durch sein Fernglas auf die Burg. Er hatte sich eine gute Stelle ausgesucht, das musste Thea ihm lassen. Die Burgmauer war hier eingestürzt und gab die Sicht auf den Burghof und den Eingang frei.

„Das gibt dir aber nicht das Recht, früher aus der Schule abzuhauen", sagte Thea, doch ihr Bruder ging gar nicht darauf ein.

„Schau mal", meinte Noah und hielt seiner Schwester das Fernglas hin. Sie sah hindurch, konnte jedoch zunächst nicht erkennen, was ihr Bruder meinte. Nach einer Weile glaubte sie allerdings, zu wissen, was er ihr zeigen wollte.

„Fledermäuse", bemerkte sie erstaunt.

„Genau", stimmte Noah zu.

„Aber es ist doch noch taghell", wunderte sich Thea.

„Eben", stellte ihr Bruder fest, „Komisch, oder?"

Plötzlich stockte Thea. Eine Bewegung am Eingang der Burg erregte ihre Aufmerksamkeit. Dort trat eben eine Frau mit langem, schwarzem Haar heraus. Sie trug ein bodenlanges, schwarzes Kleid, das sich leicht im Wind bewegte. Das musste Ariana sein.

„Was ist?", fragte Noah und entriss seiner Schwester das Fernglas.

„Scheiße", flüsterte er dann und versuchte so leise wie möglich, seine Sachen in den Rucksack zu packen, „Wir müssen hier weg."

Noch waren sie nicht aufgeflogen, aber das konnte sich jeden Moment ändern.

Die beiden Geschwister krochen durch die Büsche zurück zur Straße. Noah erreichte sein Fahrrad eher, weil er es ein Stück mit in das Gestrüpp genommen hatte, um es zu tarnen.

Theas Rad allerdings lag auf der anderen Seite des Wegs, sodass sie am Eingangstor vorbei musste und damit konnte es sein, dass die Frau sie sah. Mist!

Die beiden schauten sich ratlos an, bis Theas Bruder eine Idee kam.

„Ich beobachte sie und gebe dir ein Zeichen, sobald sie uns den Rücken zudreht", flüsterte Noah.

„Okay", gab Thea ebenso leise zurück.

Während Noah sich zum Tor vorarbeitete, wartete seine Schwester im Gebüsch.

„Jetzt!", signalisierte er und Thea sprintete los zu ihrem Rad. So schnell sie konnten, schwangen sich die Geschwister auf den Sattel und traten in die Pedale.

Doch als Thea sich noch einmal umdrehte, war sie sich sicher, kurz eine Riesenfledermaus gesehen zu haben.

„Das war knapp", merkte Noah an, als sie vollkommen außer Atem zu Hause ankamen, „Wenn ich das meinen Freunden erzähle."

„Das lässt du bleiben", sagte Thea scharf, „Weißt du, was dann los ist? Erst werden uns alle für verrückt halten, dann werden einige zur Burg losziehen und vielleicht nicht wiederkehren."

„Und was machen wir jetzt?", wollte Noah wissen.

„Wir müssen da nochmal hoch", antwortete Thea entschlossen.

„Was? Nochmal?", fragte Noah erschrocken. Jetzt war Thea die Mutigere von beiden. „Ja", sagte sie, „Aber diesmal bereiten wir uns besser darauf vor."

Gesagt, getan. Die Geschwister statteten sich in den kommenden Tagen mit Gegenständen aus, die sie im Zweifel als Waffe benutzen konnten, darunter eines von Mamas langen Küchenmessern und eine Grillgabel. Außerdem packten sie genug Wasser in ihre Rucksäcke und legten Kleidung zurecht, in denen sie sich gut bewegen konnten, falls sie fliehen mussten. Ihre Mission planten sie für ihren schulfreien Tag am kommenden Montag. Mama würde bis Dienstagabend auf Dienstreise sein. Am Freitag stand wieder eine Vermisstenmeldung in der Zeitung, die Noah am meisten traf. Dies-mal hatte es seine beiden Freunde, Leon und Ben, erwischt, die kurz nacheinander verschwunden waren. Völlig außer sich versuchte er, seine Schwester zu überreden, sofort zur Burg loszuziehen. „Wir müssen sie retten, Thea!", rief er immer wieder.

„Noah, das geht nicht. Erst, wenn wir allein sind. Wie willst du Mama erklären, wo wir sind?"

„Aber wenn Ariana sie umbringt?"

Darauf wusste Thea keine Erwiderung. Sie hatten ja keine Ahnung, was mit den verschwundenen Kindern passiert war.

Das Wochenende verging für die Geschwister quälend langsam. Beide waren so nervös, dass selbst ihre Mutter misstrauisch wurde. Auf die Frage, was los sei, antworteten sie immer nur mit „Ach, nichts".

Als der Montag endlich da war, konnten es Noah und Thea kaum mehr im Bett aushalten. Schon um sechs Uhr waren beide auf den Beinen und machten sich fertig. Sie zogen sich ihre zurechtgelegten Kleider an und überprüften immer wieder ihre Rucksäcke, damit sie auch nichts vergaßen. Anschließend aßen sie in Windeseile ihr Frühstück: Müsli mit Joghurt und Früchten. Draußen war es bereits hell, sodass die Mission beginnen konnte. Die Geschwister räumten schnell auf, liefen dann nach draußen, schlossen die Tür ab, stiegen auf ihre Räder und fuhren los Richtung Darkfordt-Burg.

Etwa eine halbe Stunde später standen sie vor dem Eisentor der Burg. Im Hof war nichts zu sehen. Thea und Noah legten die Räder nahe der Straße in die Büsche. Anschließend holten sie das Messer und die Gabel aus ihren Rucksäcken, nickten einander zu und gingen langsam durch das offenstehende Tor in den Burghof. Vor dem Eingang blieben sie stehen. Sollten sie wirklich? Thea war inzwischen nicht mehr ganz so selbstsicher. Sie fasste das Messer fester.

Noah zog an der großen Tür, die sich problemlos öffnen ließ. Allerdings knarrte sie so laut, dass die Geschwister zusammenzuckten.

Als der Spalt groß genug war, dass sie hindurchpassten, traten sie ein. Sie standen in einem langen Gang, dessen Wände aus Stein und so hoch waren, dass die Geschwister kaum die gewölbte Decke erkennen konnten. Schwaches Licht fiel durch die kaputten Fenster. Am anderen Ende schien der Gang in einen großen Saal zu münden.

Noah hörte ein beständiges Rascheln.

„Thea, was ist das?", flüsterte er, doch in seinen Ohren klang es, als hätte er mit einem Megafon gesprochen.

Thea zuckte mit den Schultern. Langsam setzten sie einen Fuß vor den anderen und betrachteten ihre Umgebung genauer. In den Wänden war eine lange horizontale Nische eingebaut. Darin befanden sich seltsam bunte Kugeln. Fast ein bisschen wie Schneekugeln, aber irgendwie bewegten sich die Farben darin.

„Was ist das?", fragte nun Thea.

„Keine Ahnung", antwortete Noah und trat an eine der gläsernen Kugeln heran, „Schau mal. Sieht aus, als spielt da drin ein Junge Fußball."

Thea war näher gekommen und besah sich die Kugel.

„Du hast recht", sagte sie, „Sieht ein bisschen aus wie Leon, oder?"

„Hm…", machte ihr Bruder.

„Komm, lass uns erst einmal weitergehen", meinte Thea und Noah nickte.

Sie gingen weiter, bis sie in dem großen Saal standen. Und als sie an die Decke sahen, wussten sie auch, woher das stetige Rascheln kam. Dort hingen so viele Fledermäuse, dass die Geschwister sie gar nicht zählen konnten, und schlugen mit ihren Flügeln.

„Ich habe mich schon gefragt, wann ihr eintreffen werdet."

Thea und Noah erschraken so sehr, dass sie beinahe ihre Waffen fallen ließen.

Aus einem seitlichen Gang trat die Frau im schwarzen Kleid, die sie bei ihrem ersten Mal bei der Burg beobachtet hatten. Sie lächelte und zeigte den Geschwistern damit ihre spitzzulaufenden Eckzähne.

„Wer sind Sie?", fragte Thea, obwohl sie die Antwort bereits kannte.

„Mein Name ist Ariana. Ihr werdet doch sicher die Geschichten über mich gehört haben?"

Thea begann zu frösteln. Die Legende war tatsächlich wahr. „Wo sind die entführten Kinder?", wollte Thea wissen und gab sich alle Mühe, dass ihre Stimme fest und sicher klang.

Ariana lachte laut und unfreundlich.

„Wo sind die Kinder?", wiederholte Thea mit Nachdruck.

„In Sicherheit", antwortete die Vampirfrau und ließ ihren Blick beiläufig zur Decke gleiten.

Und da machte es Klick bei Noah. Auf einmal wusste er, wo sich die verschwunden Kinder befanden.

„Sie haben sie in Fledermäuse verwandelt!", warf er Ariana zornig entgegen.

Diese drehte sich ruckartig zu ihm und fixierte ihn mit verengten Augen, wütend darüber, dass der Junge so schnell hinter ihr Geheimnis gekommen war. Langsam begann sie, auf die Geschwister zuzugehen.

„Lauf!", rief Thea ihrem Bruder zu.

Sie drehten sich um und rannten aus dem Saal in den Gang, aus dem sie vorhin gekommen waren. Plötzlich hörten sie ein lautes Rauschen und als Thea sich umdrehte, sah sie, dass Ariana sich in eine riesige Fledermaus verwandelt hatte und auf sie zuflog. Sie duckte sich, doch die Fledermaus erwischte sie am Arm und riss ihr mit den Krallen die Haut auf. Thea stieß das Messer nach oben, verfehlte Ariana aber. Diese flog nun auf Noah zu.

„Pass auf!", warnte Thea.

Noah rannte weiter den Gang entlang. Urplötzlich ließ er sich auf den Bauch fallen, drehte sich um, sprang wieder auf die Füße und rannte in die entgegengesetzte Richtung. Das zeigte für ein paar Sekunden Wirkung: Ariana stutze. Noah schnappte sich eine der Kugeln aus der Nische und warf sie nach der Fledermaus.

„NEIN", schrie Ariana und verwandelte sich im selben Augenblick zurück in einen Menschen. Doch sie war nicht schnell genug, die Kugel traf auf den harten Steinboden auf und zerbrach in hunderte Splitter. Die Farben entwichen und zerstreuten sich. Im Saal hinter ihnen schrie jemand, dann schlug etwas Dumpfes auf dem Boden auf.

„Was hast du getan!", brüllte Ariana und ging auf Noah los.

Thea wollte ihrem Bruder zu Hilfe eilen, doch der rief ihr etwas zu: „…stör die …geln."

„Was?", rief Thea. Die Stimme ihres Bruders war im Rauschen der großen Fledermausflügel untergangen, da Ariana sich erneut verwandelt hatte.

„Zerstör … Kuge…", kam es von Noah.

Die Kugeln! Sie sollte sie zerstören!

Kurz fragte sie sich, warum, aber um darüber nachzugrübeln, blieb keine Zeit.

Thea begann, eine Kugel nach der anderen auf den Boden zu werfen. Klirrend zerschlugen sie und wieder hörte sie Schreie aus dem Saal.

„Achtung!", schrie Noah.

Thea drehte sich gerade noch rechtzeitig um und stach mit dem Messer zu.

Getroffen verwandelte sich Ariana zurück und hielt sich die blutende Schulter.

„Nicht meine Erinnerungskugeln!", sagte sie zornig.

Thea fiel auf, dass die Frau älter aussah.

Während Ariana abgelenkt war, nahm Noah gleich mehrere Kugeln aus der Wand und ließ sie alle zusammen auf den Steinboden aufschlagen. Die Schreie aus dem Saal hallten durch das Gemäuer.

Ariana krümmte sich vor Schmerzen und sank auf die Knie. Ihre schwarzen Haare färbten sich auf einmal weiß.

„Was passiert hier?", fragte Thea erstaunt, während Noah weitere Kugeln zerstörte.

„Es sind die Erinnerungen der verschwundenen Kinder. Sie hat sie in den Kugeln eingeschlossen. Aus ihnen zieht sie ihre Kraft", antwortete ihr Bruder.

Während er die letzten Erinnerungskugeln auf den Boden schmetterte, ging Thea langsam auf Ariana zu. Diese kniete am Boden und sah nun alt und grau aus. Sie hatte jegliche Kraft verloren.

„Das werdet ihr büßen", flüsterte sie bedrohlich, während sie begann, schwerer zu atmen. „Ich finde einen Weg zurückzukommen und dann werdet ihr leiden."

Die alte Frau schnappte nach Luft, dann erlosch das Licht in ihren Augen und ihr lebloser Körper kippte zur Seite.

„Wahnsinn!", rief Noah, „Thea, das musst du dir ansehen!"

Thea drehte sich um und sah ihren Bruder am Eingang zum großen Saal stehen. Das Mädchen vergewisserte sich noch einmal, dass Ariana auch wirklich tot war, und lief dann zu ihrem Bruder. Sie traute ihren Augen nicht. Im großen Saal saßen oder standen hunderte Kinder etwas orientierungslos und versuchten, sich einen

Reim darauf zu machen, was mit ihnen geschehen war. Die Fledermäuse an der Decke waren verschwunden.

„Wir haben sie gefunden", rief Noah und lachte überglücklich.

Auch auf Theas Gesicht breitete sich ein Lächeln aus. Sie hatten es tatsächlich geschafft!

„Noah", hörten die Geschwister die Stimme von Leon und kurz darauf löste er sich aus der Menge und kam auf sie zu, „Was ist denn passiert?"

Die anderen Kinder scharten sich nun auch um Thea und Noah.

„Ihr wurdet entführt", setzte Noah an, „Die Vampirfrau hat euch hierhergebracht und euch in Fledermäuse verwandelt."

„Aber jetzt seid ihr in Sicherheit", ergänzte Thea, „Ariana ist tot und wir bringen euch zurück ins Dorf."

Die Kinder jubelten. Thea und Noah gingen voran den Gang entlang, hinaus in den Hof und weiter die Straße hinab, während die anderen Kinder ihnen aufgeregt folgten. Die letzten Meter bis ins Dorf hielten sie es nicht mehr aus und rannten mit lautem Geschrei die Straßen entlang.

In diesem Moment beschlich Thea das erste Mal das Gefühl, dass etwas nicht stimmte. Irgendetwas hatte sie übersehen. Nur was?

„Und was machen wir jetzt?", wollte Thea von ihrem Bruder wissen.

„Lass uns zu Oma gehen und ihr alles erzählen", schlug Noah vor.

„Einverstanden."

„Ihr habt was?", fragte die Großmutter der Geschwister völlig überrumpelt, während sie sich um die Verletzungen ihrer Enkel kümmerte.

„Die Vampirfrau getötet", sagte Noah stolz.

Da war es wieder. Das Gefühl, dass Thea etwas übersehen hatte. Aber sie kam nicht drauf.

„Ariana holte die Kinder zu sich auf die Burg und verwandelte sie in Fledermäuse", erzählte Noah, „Das, was die Kinder ausmacht, schloss sie in Erinnerungskugeln ein und zog daraus ihre Kraft. Du hattest also Recht, Thea. In der einen Kugel, das war tatsächlich Leon mit seinem Lieblingsfußball. Deshalb bin ich auch erst darauf gekommen. Als wir sie zerstört haben, fielen die Fledermäuse im großen Saal von der Decke und wurden wieder zu Menschen."

„Und was ist mit Ariana?", hakte Oma nach.

„Die wurde mit jeder zerstörten Erinnerung schwächer und ist letztendlich gestorben", antwortete Noah.

Rums! Theas Körper versteifte sich, als sie sich daran erinnerte, wie sie die Kinder nach draußen geführt hatten. Jetzt wusste sie, was sie die ganze Zeit störte.

„Thea? Was ist?", hörte sie Noahs Stimme wie aus weiter Ferne.

Verdammt! Als sie dachte, Ariana sei tot, war die Sache für sie erledigt gewesen. Doch nun fiel es ihr wie Schuppen von den Augen. Ihr Körper hatte nicht mehr im Gang gelegen, als sie die Burg verließen. Was war mit Ariana passiert?

„Ach, nichts", sagte Thea laut und schüttelte sich innerlich. Ihre Erkenntnis wollte sie vorerst für sich behalten. Irgendwann würde sie nachsehen müssen, sich überzeugen, dass sie Recht hatte, doch erst einmal wünschte sie sich nichts sehnlicher, als sich auszuruhen. Morgen würden Polizei und Presse vermutlich wissen wollen, was passiert war. Aber das konnte warten. Für heute war der Tag aufregend genug gewesen.

Sina Blackwood

Trouble in Singapur

Dass Li jeden Abend die Flughunde fütterte, war bekannt. Auch, dass sich dies steigender Beliebtheit bei den Tieren erfreute, genau wie bei den Touristen in Singapur, die sich mit einbrechender Dämmerung auf dem Gehweg versammelten, um dem Spektakel beizuwohnen. Es gab Exemplare, die sich streicheln ließen, und welche, die den direkten Kontakt mit den Menschen mieden. Auch heute hatte Li wieder dutzende aufgeschnittene Früchte an die Äste der Bäume in ihrem Vorgarten gebunden und ganze Trauben von Fledertieren zankten sich um die besten Plätze.

Li beobachtete eine Weile das bunte Treiben, dann fühlte sie sich mit einem Mal regelrecht observiert. Sie spähte zum Haus auf der anderen Seite der schmalen Straße, wo im Geäst eines riesigen Frangipani-Baumes ein außergewöhnlicher großer Flughund hing, der keinerlei Interesse an den Früchten, aber umso mehr an den Menschen zu haben schien. Li tastete sich rückwärts zum Haus und schlug, kaum dass sie die Schwelle übertreten hatte, die Tür hinter sich zu. Mit zitternden Händen schloss sie ab, um gleich darauf panisch alle Fenster im Haus zu verriegeln. Dann schaute sie nach einmal auf die andere Straßenseite. Die Fledermaus war nicht zu sehen. Das hieß aber nicht, dass sie nicht mehr da war. Li fühlte geradezu die Anwesenheit des merkwürdigen Geschöpfs, das ihr eine unerklärliche Angst einjagte. „Ich habe wohl zu viele Gruselfilme geschaut", murmelte sie, sich vom Fenster abwendend.

Ein schabendes Geräusch an der Scheibe ließ Li herumwirbeln. Auf dem Fensterbrett hockte die Fledermaus, die, aus der Nähe betrachtet, noch um einiges furchteinflößender wirkte, als vorher zwischen den Zweigen. Fast einen halben Meter groß, mit Eckzähnen, die wie Dolche anmuteten. Ihre Blicke trafen sich und Li rann ein eisiger Schauer den Rücken hinunter, denn das war beileibe nicht der Blick eines Tieres. Und wenn, dann der einer blutgierigen Bestie, die auf Beute lauerte. Die glühend roten Augen waren starr auf die zitternde Frau gerichtet, die ahnte, dass das Monstrum keine Mühe haben werde, das Glas zu zerbrechen. Li wusste zwar, dass es irgendwo auf der Welt Vampirfledermäuse gab, aber die waren winzig, im Gegensatz zu dem „Ding", das buchstäblich am Glas klebte und versuchte, in ihre Gedanken einzudringen.

Am nächsten Morgen wunderte sich Li, warum sie komplett angezogen auf dem Fußboden lag, statt in ihrem Bett. Kopfschüttelnd machte sie sich frisch, frühstückte und begann die Futterstellen der Flughunde zu säubern. Ein festes Ritual, das sich seit vielen Jahren immer gleich abspielte und zeit ihres Lebens auch so bleiben werde.

Eines Tages stand die Polizei vor ihrer Tür. Man suche 10 Personen, die allesamt zuletzt lebend vor ihrem Haus gesehen worden seien. Leichen gäbe es zwar keine, man müsse aber von einem Verbrechen ausgehen, denn die Angehörigen hatten Vermisstenanzeige erstattet, und hofften darauf, bald gute Nachricht zu bekommen.

Li ließ die Beamten ins Haus, die es vom Dachboden bis zum Keller akribisch untersuchten, ohne fündig zu werden. Plötzlich erinnerte sich Li, wie sie auf den Boden erwacht war. Vielleicht war sie ja auch angegriffen worden? Weil sie sich aber gar nicht an die Begleitumstände erinnern konnte, im Haus nichts fehlte und die Türen von innen verschlossen waren, bat man sie, einer Hypnose zuzustimmen. Li, selbst ja auch interessiert, was ihr widerfahren war, gab grünes Licht.

Das, was sie schließlich beschrieb, ließ den Beamten die Haare zu Berge stehen. Das „Ding", wie sie die Riesenfledermaus nannte, war tatsächlich nur an den Menschen interessiert gewesen. Es lauerte ihnen auf dem Nachhauseweg auf und saugte sie aus. Li selbst nutzt ihm lebend mehr, denn die Fütterung zog immer neue Opfer an. Viele waren Touristen, die man nicht sofort vermisste. Es hatte Lis Gedächtnis gelöscht, um weiter sein Unwesen treiben zu können.

Nun war guter Rat teuer. Einhellige Meinung: man habe es mit einem klassischen Vampir zu tun. Oder nun schon mit vielen, weil die Gebissenen durchaus auch nach Opfern ausschauen konnten, denn es verschwand beinahe täglich jemand, der nicht wieder gesehen wurde. Zumindest nicht bei Tageslicht, schränkte man behördlicherseits bald ein. Jemand war einem der Vermissten begegnet und der hatte doch glatt versucht, ihn in den Hals zu beißen. Er habe nur dank einer Knoblauchfahne überlebt, die selbst seiner Frau den Atem verschlagen hätte, gab er zu Protokoll.

Li rieb, seit sie wusste, was sie heimgesucht hatte, sogar die Fensterbretter und Türen mit Knoblauch ein, und sie hatte stets eine Zehe für den Notfall in der Tasche. Auf dem Dachboden ihres Hauses quartierten sich indes die Vampirjäger ein, bewaffnet mit Gewehren, die mit Silberkugeln geladen waren, und Armbrüsten, mit denen sie Eichenpflöcke abschießen konnten.

Der Delinquent schien den Braten zu riechen. Jedenfalls ließ er sich nicht sehen. Und immer neue Vermisstenanzeigen wurden nach dem gleichen Schema aufgenommen. Ab und zu erwischte man einen der Neuvampire, die sich noch nicht an das andere Dasein gewöhnt hatten oder sorglos durch die Nacht spazierten, weil man ihnen ja nichts anhaben könne. Eine gezielt platzierte Kugel löste das Problem, sobald man den Angreifer zweifelsfrei identifizieren konnte. Man schnitt ihnen die Herzen heraus und begrub sie mit abgetrenntem Schädel, um wirklich Ruhe zu haben. Nur des Meisters, wie man den Fledermaus-Vampir nannte, wurde man nicht habhaft. Der konnte sich offenbar, wie es alte Texte beschrieben, unsichtbar machen. Am Ende bot man Li einen Haufen Geld, mit dem sie bis an ihr Lebensende ausgesorgt hätte, wenn sie den Lockvogel spielte. So blieb sie am nächsten Tag vor dem Haus, als die Dämmerung einsetzte. Einigen Flughunden schien sie wirklich gefehlt zu haben. Die kamen heran, um sie zu umflattern und sich streicheln zu lassen. Wie immer staunten und fotografierten die unzähligen Zuschauer den Trubel im Garten. Als die Fruchtstücke verspeist und die Fledertiere weitergezogen waren, gingen auch die Menschen nach Hause. Li hatte die Haustür fast erreicht, als sie ein eiskalter Hauch streifte und im nächsten Moment jemand hart an der Schulter packte.

Sie zuckte herum, konnte aber niemanden sehen, obwohl sie deutlich die Finger spürte, die ihr Gelenk mit unglaublicher Kraft zusammendrückten. Sie war nicht einmal sicher, ob sie sich den fauligen Geruch nur einbildete, der ihre Nase arg beleidigte. Erst, als eine Stimme zischte: „Du hast mich verraten", wusste sie, dass der Meister gekommen war, um sie zu holen.

Den Männern auf dem Boden fiel die merkwürdig verkrümmte Körperhaltung von Li auf und der Kommandeur der Truppe gab geistesgegenwärtig den Befehl, auf den unsichtbaren Feind zu schießen. Dass sie dabei höllisch aufpassen mussten, die Frau nicht zu treffen, stand außer Frage. Durch die Schalldämpfer konnte Li zwar nicht hören, was sich gerade ereignete, aber fühlen. Eines der Projektile schien getroffen zu haben. Der Blutsauger ließ sie plötzlich los, materialisierte sich und versuchte, sich wieder in eine Fledermaus zu verwandeln. Mehrere weitere Kugeln schlugen ein und das Silber begann, seinen untoten Körper aufzulösen.

Als die Männer in den Vorgarten kamen, fanden sie nur noch das Skelett der riesigen Fledermaus vor, welches langsam zu grauem Staub zerfiel.

„Ist es vorbei?", flüsterte Li, sich den Arm haltend, den ein Streifschuss aufgerissen hatte.

„Für diesen schon", erwiderte der Befehlshaber. „Die anderen vier werden wir auch noch erledigen. Wir geben Ihnen Bescheid, wenn die Stadt wieder sicher ist."

Bis dahin würde Li ganz einfach eine Kette aus frischen Knoblauchzehen tragen, wenn die Sonne unterging.

Iris Fritzsche

Das schwarze Schaf

Es zählt schon fast zu den Naturgesetzen, in jeder Familie gibt es *garantiert* **ein** schwarzes Schaf. Und das gilt nicht nur für die Tierwelt.

Letztens wurde ich Zeuge eines ganz besonders abstrusen Falles. Es handelt sich um einen Vampir. Von diesen ist ja allgemein bekannt, dass sie nachts unterwegs sind, sich in Fledermäuse zu verwandeln pflegen und menschliches Blut trinken. Weiterhin haben sie kein Spiegelbild und hassen Knoblauch.

Neulich begegnete ich auf dem Heimweg von einer Tanzveranstaltung einem solchen Wesen. Ich erschrak gewaltig, als plötzlich so ein Flattermann auftauchte. Zuerst hielt ich ihn für eine Ausgeburt meiner übernächtigten Fantasie.

Doch Alkohol- und andere Fantasiegebilde fassen einen nicht bei der Schulter. Und schon gar nicht betteln sie einen an. Er musste demzufolge echt sein! So jedenfalls lautete meine rasch gezogene Schlussfolgerung.

Noch verrückter als die Tatsache selbst, dass ich einem waschechten Vampir gegenüber stand, war aber sein Begehr. Fragte er mich doch allen Ernstes, ob ich nicht ein wenig **Knoblauch** für ihn hätte. Spätestens jetzt war ich der Meinung mich selber in der Psychatrie anmelden zu müssen.

Ein Vampir, der Knoblauch haben wollte? Ich hatte wohl doch etwas zu reichlich dem Alkohol zugesprochen.

Meine Gesichtszüge müssen diese Meinung auch deutlich wiedergegeben haben. Er drückte mich nämlich auf die Bordsteinkante, setzte sich daneben und begann zu erzählen.

Von einer verdorbenen Kindheit war die Rede, von seiner Aufzucht mit Blut aus angerührtem Pulver, verkehrt herum aufgehängt schlafen und noch mehr merkwürdige Dinge. Mir drehte sich schon alles im Kopf und im Magen. Und am Ende seiner Geschichte kam er nochmals auf seine flehentliche Bitte nach einer Knoblauchknolle oder wenigstens einer Zehe zurück.

Langsam glaubte ich ihm fast alles. Doch das mit dem Knoblauch hatte ich immer noch nicht geschnallt. Das war ja, als würde das Feuer um einen Eimer Wasser bitten. Hierfür brauchte ich eine handfeste Begründung.

Erst zierte er sich ein wenig. Es war ihm wohl doch sichtbar peinlich, ein solches Laster zu haben und dafür auch noch einen Menschen anbetteln zu müssen. Schließlich rückte er aber doch mit der Sprache heraus. Ich versuche, es mal so wiederzugeben, wie ich es in Erinnerung behalten habe. Es fing wohl schon in sehr jungen Jahren an. Von seiner Aufzucht mittels Blutpulver hatte er ja schon erzählt. Dieses war wohl irgendwie in ein anderes Gefäß umgefüllt worden. In diesem hatte sich vermutlich zuvor Knoblauchpulver befunden. Was allerdings von den Vampireltern auf Grund einer derzeit aktuellen starken Grippe nicht wahrgenommen wurde. Am Anfang hat er es auch gar nicht gut vertragen. Doch seine Eltern hatten bei ihm ebenfalls eine Erkrankung vermutet und es deswegen nicht ernst genommen. Wenn es auch nur winzige Spuren waren, die im Glas zurück geblieben waren, sie zeigten Wirkung. Allmählich gewöhnte er sich aber daran. Und als Nebeneffekt bekam er sogar einen Hauch von Spiegelbild. Welches er faszinierend fand. Doch er erzählte niemandem davon. Aber es gefiel ihm so gut, das er absichtlich begann erst kleine Krümel, dann größere Stückchen Knoblauch zu essen. Allmählich wurde er richtig süchtig danach. Bis er letztendlich total abhängig wurde und gar nicht mehr ohne diese Droge existieren konnte. Natürlich bemerkte die Familie trotz aller Vorsicht irgendwann seine abnormale Neigung. Das Ergebnis war der totale Ausschluß von allen Familienaktivitäten. Es folgte ein Rausschmiss mit allen Konsequenzen. So irrte er nun schon seit mehr als einem halben Jahrhundert mutterseelenallein durch die Lande, schlief in verlassenen Gebäuden und hielt sich meist mit Tierblut recht und schlecht über Wasser. Und natürlich auch mit seiner Droge Knoblauch. Ohne die ging gar nichts mehr. Als er mir begegnete, hatte er schon gewaltige Entzugserscheinungen. Er flatterte wie betrunken und suchte krampfhaft nach einem Stück seiner Droge Knoblauch.

Was soll ich sagen, ich nahm ihn mit bis zu meinem Garten. Dort schenkte ich ihm einen ganzen Zopf. Dabei ermahnte ich ihn, sich diesen gut einzuteilen. Was er wohl auch getan hat. Denn seit diesem Tag habe ich ihn nie wieder gesehen.

Sina Blackwood

Max

„Es starrt mich an", hauchte Max und ich konnte sehen, wie sich seine Nackenhaare aufstellten.

„Was?", fragte ich irritiert.

„Nicht so laut", zischte er. „Das Kind. Es kann uns garantiert hören."

Wir hatten uns ewig nicht gesehen und ich mich eigentlich auf den Besuch in der Eisbar gefreut, als wir uns zufällig über den Weg liefen. Und nun das. Max war schon immer anders gewesen. Er hörte praktisch das Gras wachsen und Moleküle zusammenstoßen.

Max wurde blass, ihm trat Schweiß auf die Stirn.

„Soll ich einen Arzt rufen?", flüsterte ich.

„Das überlebe ich sowieso nicht", krächzte er, sich an den Hals fassend, als sei er am Ersticken.

Ich zückte das Handy. Ehe ich den Notruf wählen konnte, schlug er es mir aus der Hand. „Lass das!"

„Willst du reden?", fragte ich mit zusammengezogenen Augenbrauen.

„Ich muss hier weg!" Max sprang auf und ich folgte ihm.

Wir hatten noch nicht bestellt und so war es kein Problem, obwohl er wie von Furien gehetzt davon rannte. Ich hatte Mühe gehabt, ihn einzuholen und warf mich schwer atmend neben ihn auf die Bank an der Bushaltestelle, wo einige

Leute stirnrunzelnd unser seltsames Gebaren beobachteten.

„Was war denn nun eigentlich der Auslöser für unsere Flucht?", wollte ich wissen.

Max schaute mich an, als habe ich nicht alle Steine auf der Schleuder. „Der Vampir."

„Ahhh jaaa! Und der war wo?"

Max wurde aschfahl. „Da drüben", hauchte er, auf ein kleines Mädchen zeigend.

Mir war die Sache irgendwie zu blöd. Nur weil das Kind aus der Eisdiele zum gleichen Bus lief, musste doch keiner durchdrehen. Ich zog eine Zwei-Euro-Münze aus der Tasche und sagte laut: „Hat mal jemand eine Knoblauch-Zehe für mich?"

„Da haben Sie aber Glück, junge Frau", grinste ein Herr mit Alkoholfahne. „Hab gerade welchen gekauft. Kann nur nicht rausgeben."

„Macht nichts", erwiderte ich und bekam eine schöne große Knolle mit vielen festen Zehen. Ich brach sie auf, pulte drei Stück heraus, von denen ich eine Max in die Brusttasche seines Poloshirts und die anderen in die vorderen Hosentaschen schob. Den großen Rest steckte ich unter dem Gelächter der anderen in die Handtasche. Max schaute mich so entgeistert an, dass ich schallend zu lachen anfing und die Wartenden mit einstimmten. Das Mädchen, hatte zu diesem Zeitpunkt gerade die Fahrbahnmitte erreicht. Es blieb abrupt stehen, warf sich herum ...

„Oh, mein Gott!", kreischte eine Frau, sich die Augen zuhaltend. Da war das Auto auch schon heran. Bremsen kreischten. Das Kind streckte abwehrend die Hand aus und löste sich vor den Augen der geschockten Umherstehenden buchstäblich in Luft auf. Der Fahrer sprang aus dem Wagen, und untersuchte die Straße. Mehr bekam ich nicht mit, denn Max hatte mich am Handgelenk gepackt und hinter eine Mauer gezerrt. Er fragte düster: „Glaubst du mir jetzt?! Es ist seit Tagen hinter mir her, dieses ... Ding."

„Aber warum?" Ich brachte es nicht wirklich fertig, mein Gedankenkarussell anzuhalten. Dabei hatte ich mit eigenen Augen etwas gesehen, das Max' These durchaus stützen konnte. Das Kind hatte sich aufgelöst. Nachdem es wegen des Knoblauchgeruchs türmen wollte. Letzteres war reine Spekulation. Ich habe noch nicht gehört, dass Knoblauch derart weit zu riechen war. Andererseits konnte es ja durchaus sein, dass so ein, so ein ... na, halt so ein Vampir wie ein Hund die Duftstoffe wahrnahm. Max musste wohl gemerkt haben, dass ich inzwischen bereit war, die Existenz derartiger Wesen nicht ganz auszuschließen, denn er begann zu erzählen:

„Ich habe vor ein paar Tagen den Nachlass meines Großvaters geordnet. Im Tresor stieß ich auf einen kleinen Schlüssel, welcher in einem versiegelten Umschlag gesteckt hatte. Ich habe blöderweise den beiliegenden Brief gelesen und damit fing der Ärger an. Darin stand sinngemäß, dass mein Opa von seinem Großvater, der auch schon das Haus bewohnt hat, ein finsteres Geheimnis geerbt hatte, das immer nur auf den jeweiligen Enkel vererbt werden kann, der es dann hüten muss. Unter dem Keller, so stand da geschrieben, sei ein schwarzer Sarg vergraben, der niemals geöffnet werden dürfe. Der Schlüssel aus dem Umschlag passe zum Schloss der Kette, mit dem der Totenschrein mehrfach umwickelt sei."

„Und du hast natürlich nachgeschaut, was drin ist", fiel ich ihm ins Wort.

Max nickte gequält. „Ich konnte doch nicht ahnen ..."

„War wirklich das Kind darin?", staunte ich.

„Ja. War es. Es trug ein schwarzes Gewand aus dem vorvorigen Jahrhundert und sah aus, als schliefe es. Ich griff nach meinem Handy und wollte die Behörden anrufen, dabei hab ich mich wohl irgendwie am Finger verletzt ..."

„Und weiter?" Ich ahnte schon, was passiert sein musste.

„Ein oder zwei Tropfen Blut fielen in den Sarg. Damit hab ich es wohl erweckt", presste Max mühsam heraus. „Ich habe den Deckel fallen lassen und bin getürmt. Seitdem verfolgt es mich wie ein Schatten. Siehst du? Da drüben lauert es hinter den Sträuchern!"

Er hatte recht. Es war wirklich da und sein Blick brannte wie Feuer auf meiner Haut. Ich glaubte Max jedes Wort. Langsam kroch auch mich die Furcht an. Ich rief ein Taxi und brachte Max nach Hause.

Das ist jetzt 20 Jahre her. Von Max hat man nie wieder etwas gehört oder gesehen. Im Polizeibericht steht, dass ich die letzte Person sei, die ihn lebend gesehen habe. Lebend. Ab und zu lese ich in der Zeitung etwas über das Haus, das er von seinem Großvater geerbt hatte. Die letzten sieben Besitzer sind allesamt spurlos verschwunden.

Und ich? Ich bin seit unserem letzten Treffen Großabnehmer für Knoblauch beim Discounter um die Ecke.

Susanne Weinsanto

Hö(h)l(l)entour

Ramona wusste, dass es eigentlich verboten war, was sie vorhatte, und normalerweise hätte man davon ausgehen können, dass eine Frau Mitte 20 weiß, was gefährlich ist und was nicht.

Ramona machte allerdings gerade eine schwere Zeit durch. Zuerst hatte ihr Freund mit ihr Schluss gemacht, dann wurde sie von ihrem Chef sexuell belästigt und als sie sich darüber beschwerte, glaubte ihr niemand. Daher verlor sie ihre Arbeit.

Als ob das noch nicht genug wäre, wurde auch noch in ihre Wohnung eingebrochen.

Sie war von den Ereignissen der letzten Tage so kaputt, dass sie sich nur noch auf ihre Couch legen konnte. Als sie auf der Couch lag, heulte sie, und fragte sich „Warum ich? Warum passiert das immer mir?" Irgendwann kam der Moment, in dem ihr klar war, dass sie durch das heulen und das frustriert sein auch nichts ändern würde, daher überlegte sie, wie sie sich ablenken konnte.

Da fiel ihr Blick auf ihr Fotoalbum, sie schaute sich Bilder aus früheren Zeiten an.

Als sie Bilder von ihrem Ausflug in eine Höhle sah, die man alleine normalerweise nicht betreten darf, wusste sie - DAS war es, was sie tun wollte, um sich abzulenken.

Sie suchte in der Wohnung die notwendigen Sachen von damals zusammen. Die Stirnlampe und den Helm hatte sie gleich gefunden. Etwas schwieriger war es, den Neopren-Anzug zu finden, den sie sich damals extra gekauft hatte, obwohl der Veranstalter der Höhlentour diese normalerweise auch stellt.

Nachdem Ramona alles gefunden hatte, packte sie es zusammen und machte sich auf den Weg zur Adlerhöhle in Hintertupfenbach.

Hintertupfenbach und die zugehörige Adlerhöhle waren so versteckt, dass sie wusste, wenn ihr hier etwas passieren würde, würde sie es wahrscheinlich nicht überleben. Aber auch das war ihr egal. Sie wusste keinen Grund mehr, warum sie unbedingt leben wollte.

Auf einer Wiese direkt vor der Höhle, zog sich den Neoprenanzug an, setzte Helm und die Stirnlampe auf und schnaufte drei Mal tief ein.

Am Eingang der Adlerhöhle standen einige Schilder, auf denen zu lesen war, dass das Betreten der Höhle von September bis April verboten sei. Der Eingang war durch einige Holzbretter versperrt.

Ramona war das egal und sie räumte die Bretter zur Seite, was einige Zeit dauerte.

Danach knipste sie ihre Stirnlampe an und kletterte über einen riesengroßen Felsen.

Hinter diesem Felsen wurde es feucht, denn jetzt musste sie durch einen Fluss waten. Alles war glitschig und sie hatte immer ein bisschen Angst, zu fallen. Denn sie wusste, hier würde sie niemand so schnell finden.

Als sie wieder mit der rechten Hand sich an einem Felsen abstützen wollte, fasste sie in etwas, was sich im ersten Moment wie ein Ast anfühlte. Die Frage war nur, wie hier ein Ast hineinkommen sollte.

Da griff Ramona noch einmal an die Stelle und tastete an dem herum, was sie da gerade herausgezogen hatte. Als es ihr klar wurde, was sie da in der Hand hielt, ließ sie einen gellenden Schrei fahren, denn jetzt wusste sie, dass das was sie ursprünglich für einen Ast gehalten hatte, ein Knochen gewesen sein musste, und das was sie jetzt in der Hand hielt, war offensichtlich ein Schädel.

Nachdem sich Ramona etwas beruhigt hatte, lief sie weiter. Dieses Laufen war zwar mehr ein Klettern, aber sie merkte auch, dass das, was sie gerade tat, sie gut ablenkte.

Nachdem sie wieder einige Zeit geklettert war, erreichte sie eine riesige Halle. Sie sah sich um und da erschrak schon wieder - denn ganz oben an der Höhlendecke hingen viele tausend, absolut nicht zählbare, Fledermäuse.

Ramona setzte sich auf einen Felsen, der in dieser Höhlenhalle fast an einen Stuhl erinnerte und schnaufte erst einmal durch. Wie sie so saß, war sie kurz davor einzuschlafen. Sie merkte es erst gar nicht, wie eine Fledermaus nach der anderen um sie herumflog und sie anscheinend beobachtete.

Einige Zeit später wachte sie wieder auf. Als ihr Blick auf die Decke fiel, sah sie keine einzige Fledermaus mehr. Wo waren diese nur hin?

„Egal" dachte Ramona, das war jetzt so anstrengend, dass ich später bestimmt nicht mehr an meine Probleme denken muss und bestimmt schnell einschlafen werde.

Sie kletterte den Weg zurück, den sie gekommen war, und wunderte sich, wieso alles so dunkel war. Sie prüfte mehrmals, ob ihre Stirnlampe noch funktionierte, doch daran lag es nicht. Als sie am Ausgang war, sah sie, dass sie keine Chance hatte, die Höhle zu verlassen, denn die Fledermäuse hatten sich so im Eingang und auch ineinander verhakt.

Ramona fragte sich, wie das sein konnte. Da löste sich auch schon eine der Fledermäuse aus dem Pulk und flog direkt auf sie zu. Ramona glaubte nicht, was sie sah, denn diese Fledermaus verwandelte sich vor ihren Augen - nein - nicht in einen Vampir, sondern in eine sehr hübsche Frau.

Diese Frau war offensichtlich auch der menschlichen Sprache mächtig und sie sprach mit Ramona und sagte ihr, dass das keine gute Idee war, die Fledermäuse zu stören.

Außerdem erklärte diese Fledermaus-Menschendame Ramona, dass die Fledermäuse schon lange die Menschen beobachteten und wenn die Menschen nicht bald, sehr bald, mehr auf die Umwelt achten würden, dann würden sie sich noch ganz andere Dinge einfallen lassen, als eine illegale Höhlenbesucherin zu gruseln.

Daraufhin machten die Fledermäuse den Eingang frei und Ramona verließ die Höhle. Das Erste, was sie tat, als sie zu Hause war, sich bei einem Naturschutzverein anzumelden. Denn sie hatte gelernt, dass die Natur auch einmal zurückschlagen kann ...

Du auch???

Vitae

Albrecht, Matthias

Matthias Albrecht wurde 1961 in Leipzig geboren. Ab 1978 als Bühnentechniker an den Städtischen Theatern Leipzigs beschäftigt, wechselte er 1983 zum Untersuchungshaftvollzug und wurde 1992 in das Beamtenverhältnis übernommen. In seiner Freizeit widmete er sich unter anderem der Ölmalerei und stand dem Studentenfilmstudio einer Leipziger Universität eine Zeit lang als Kameramann und Schnitt-Techniker zur Verfügung. Erst die politische Wende ermöglichte es ihm, der Leidenschaft, seinen Gedanken in prosaischer und belletristischer Form Ausdruck zu verleihen, nachgehen zu können, ohne das Damoklesschwert der Zensur fürchten zu müssen. Matthias Albrecht ist Mitglied im Freien Deutschen Autorenverband (FDA) – Schutzverband Deutscher Schriftsteller e.V. – (Landesverband Sachsen)

Blackwood, Sina

1962 in Sebnitz geboren, verbrachte sie ihre frühe Kindheit inmitten der Natur. Das hat sie geprägt, spiegelt sich auch in ihren Werken wider. Durch den Umzug ihrer Familie nach Dresden entdeckte sie ihre Liebe zu Museen und Kunstsammlungen. Nach der EOS (heute Gymnasium) und der Lehre zur Wirtschaftskauffrau im Einzelhandel verschlug es sie für einige Jahre an die Ostsee. Inspiriert durch die Schönheit der Landschaft begann sie mit dem Schreiben – und hörte nicht mehr auf. Bis Juni 2019 veröffentlichte sie 44 Bücher sowie zahlreiche Kurzgeschichten in Anthologien und Online-Magazinen. Sie präsentiert ihre Bücher auf Messen und zieht seit 2015 mit ihrer „Kettenhemd"-Lese-Show durch die Lande. Ihre zusätzlichen Berufsausbildungen zur Kaufmännischen Sachbearbeiterin EDV und zur Fachfrau für Absatz und Marketing eröffnen ihr immer wieder neue Möglichkeiten, ihre Bücher zur richtigen Zeit am richtigen Ort zu präsentieren und neue Leser zu gewinnen. Seit dem Jahr 1996 lebt sie in Chemnitz. Sie ist Mitglied im Freien Deutschen Autorenverband.

Fritzsche, Iris

Geboren ist sie in der sächsischen Oberlausitz, in der schönen Stadt Löbau. Seit 1961 wohnt sie in Hoyerswerda. Begonnen hat sie mit dem Schreiben bereits während der Schulzeit. Damals waren es Gedichte und private Reiseberichte für die Familie. 2006 traf sie die, leider viel zu früh verstorbene, Autorin W. Skoddow. In dem, von ihr geleiteten, Schreibzirkel erwarb sie das notwendige Rüstzeug für ihre eigene schriftstellerische Tätigkeit. 2008 erschien ihr erstes eigenes Buch, dem bis heute sieben weitere folgten. Seit 2011 ist sie Mitglied im FDA-Sachsen (Freier Deutscher Autorenverband). Jetzt ist sie Rentnerin und hat Zeit für weitere Projekte. So hat sie zum Beispiel 2011 mit der Arbeit im Kinderbuchbereich begonnen. In diesem Genre schreibt sie unter dem Pseudonym Ira Silberhaar.

Gimmel, Michael

Geboren 1953 in Dresden, verheiratet. Arbeitete schon in verschiedensten Berufen als Elektromonteur, im Prüffeld für Großrechner, als Englischlehrer und schließlich als Softwareentwickler. Aufgewachsen in einem Haushalt voller Bücher, ist das Lesen seine Leidenschaft. Auf vielen Alpenreisen hat er seine Liebe zur Natur und den Bergen in kleineren und größeren Gedichten niedergeschrieben – zunächst ganz ohne Absicht einer Veröffentlichung – und in vielen Fotos festgehalten. Neben Büchern und Fotografie ist die Musik sein drittes Standbein. In der Literatur kennt er sich bestens in der Science Fiction aus, ist aber schon seit seiner Kindheit Fan von Christian Morgenstern, Eugen Roth oder Ringelnatz. Neuerdings hat er Japan in all seiner Vielfalt für sich entdeckt. Für die Anthologien von Sina Blackwood entstanden auch die ersten Prosatexte. Gerade hat er sein Berufsleben erfolgreich hinter sich gebracht und hofft nun endlich auf die Gelegenheit, seinen Interessen angemessene Zeit widmen zu können.

Krämer, Ralf P.

Ralf P. Krämer wurde am 14.3.1949 in Gera/Thür. geboren. Er erwarb 1967 neben dem Abitur den Facharbeiterbrief als Maschinenbauer und studierte anschließend an der TU Dresden Physik (mit Diplom). In dieser Zeit gründete er 1969 den ersten Dresdner Science-Fiction-Klub als Interessengemeinschaft im Deutschen Kulturbund. Mit der Zustimmung des polnischen SF-Autors Stanislaw Lem hieß dieser Klub ab 1970 Stanislaw-Lem-Klub. 1973 wurde der Klub politisch zerschlagen und Ralf P. Krämer wechselte als wissenschaftlicher Mitarbeiter an die Sächsische Landesbibliothek, zuletzt in der Funktion als stellv. Bibliotheksdirektor. In dieser Zeit entstand 1986 auch sein erstes Gedicht, gewidmet der sowjetischen Kosmonautin Svetlana Savickaja, die als erste Frau in den freien Weltraum ausstieg. Nach der Wende, wo ihm aus politischen Gründen gekündigt worden war, blieb ihm nur der Weg in die Selbstständigkeit. Parallel übernahm er ehrenamtlich die Geschäftsführung des Urania Stadtverbandes Dresden e.V., unter dessen Dach sich ab 1994 der Science-Fiction-Klub TERRAsse ansiedelte, den Ralf P. Krämer bis heute leitet (seit 2015 in der Palitzsch-Gesellschaft e.V.). Unter dem Motto „Ernstes und Heiteres von Gestern bis Übermorgen" fanden schon einige Lesungen seiner Gedichte statt.

Weinsanto, Susanne

Wurde 1966 in Karlsruhe geboren, lebt heute dort in der Umgebung und hat schon immer gerne Geschichten geschrieben. Allerdings fanden die Geschichten aus ihrer Kindheit nie den Weg in die Öffentlichkeit. Sie ist in vielfältigster Weise künstlerisch tätig. Beispielsweise kam sie über den Umweg einer selbst moderierten und gestalteten Radiosendung in einem freien Radio in Karlsruhe zum Gesang. Parallel zum Gesang entwickelte sich das Interesse am eigenen Bühnen-Puppenspiel und für das Geschichten schreiben. Seit einiger Zeit macht sie bei den Ausschreibungen für Anthologien bei verschiedenen Verlagen mit und nimmt Keyboardunterricht.

Zöllner, Jacqueline

Jacqueline Zöllner wurde 1996 in Chemnitz geboren und war schon in ihrer Kindheit sehr kreativ. Ihre Liebe zum Schreiben entwickelte sich aus einem Traum, aus dem auch ihre erste Geschichte entstand. Nachdem sie Anfang 2018 ihre Ausbildung zur Fachinformatikerin in Leipzig abgeschlossen hatte, zog es sie wieder in ihre Heimat, wo sie seitdem als Sekretärin arbeitet. In ihrer Freizeit schreibt sie hauptsächlich Fantasy- und Tiergeschichten, ist aber auch offen für andere Genres. Sie hat bereits mehrere ihrer Geschichten in Anthologien veröffentlicht.